책 속을 걷는 변호사

궁편책

책 속을
걷는
변호사

조용주

궁편책

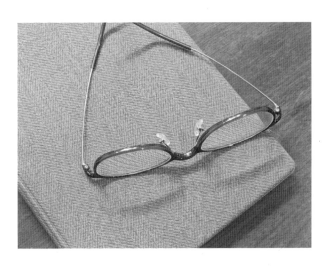

독서력 있는 변호사가 얼마나 중요한지

김현

제49대 대한변호사협회 협회장, (사)착한법만드는사람들 상임 대표, 일가재단 이사장

'걷는 변호사'라는 별칭을 들었을 때 그건 조용주 변호사가 가장 적합하다고 생각했습니다. 걷는다는 것은 사색하고 고민한다는 것과 같은 말이기 때문이지요. 조용주 변호사는 판사 때부터 꾸준히 책을 읽고 이를 행동으로 옮겨 왔습니다. 그가 사단 법인 착한법만드는사람들에서 발군의 사무총장으로 일하는 것을 보며 독서력 있는 변호사가 얼마나 중요한지 알게 되었습니다. 그런 그가 자신이 읽은 책들을 소개한다니, '책이 사람을 만든다'는 것을 보여 주는 사례라고 생각합니다. 많은 법조인과 예비 법조인들이 법률가가 어떤 책을 읽고, 어떤 생각을 하면서 사회에 기여를 하는지 알 수 있는 좋은 기회입니다. 조용주 변호사가 소개하는 책은 법률적인 것에 국한되지 않고 인류의 역사, 우리의 역사, 사회, 인간의 본질, 환경 문제까지 아우르고 있어 거대한 사상의 세계에 빠지게 합니다. 중국의 문인 구양수가 말한 글 잘 짓는 비결인 다독, 다작, 다상량을 배우기 위해 조용주 변호사가 펴낸 이 책을 감히 권합니다.

책 속의 길만이 아닌 현실의 길도 강건히 걷는

김학자

제52대 대한변호사협회 부협회장, 제12대 한국여성변호사회 회장

책은 인생을 반영하며, 그 속에서 자신의 모습과 인생의 길을 발견할 수 있다고 한다. 저자 조용주 변호사는 자신이 살아가는 길에 가벼운 의미를 부여하고 싶었던 것 같다. '순례길학교'라는 단체를 만들어 우리나라 곳곳을 누비는 그는 줄곧 무겁지 않으면서 재미있게 걸었던 길 위의 이야기들을 이제야 책에 담아냈다. 옆에서 지켜보는 내내 그의 행보가 궁금했는데 이번에 출간되는 책을 미리 접하면서 조금 해소된 느낌이다. 그동안 저자는 우리 사회의 올바른 목소리를 용기 있게 냈다. 인천고등법원 설치 촉구 운동을 비롯하여 서초독서회 운영과 경인방송 '사람과 책' 진행, 그리고 쌀 기부까지…. 단지 책 속의 길만이 아니라 현실의 길도 강건히 걷고 있다. 이 책은 그러한 저자가 소개하는 책들과 그에 대한 저자의 생각까지 읽어 낼 수 있어 재미있다. 조용주 변호사의 책을 통해 많은 이들의 인생과 생각을 대하며 풍부한 시간을 보내시길 바란다.

길을 걷는 인간과 책을 읽는 인간은
결국 같은 행위를 하는 철학자들이다

언제부터인가 나는 '걷는 변호사'라고 불리곤 한다. 물론 걷지 않는 변호사도 있겠냐마는, 이런 별명이 붙은 건 사람들과 함께 길을 만들어 가고 있기 때문이다. 철학하는 방법은 다양하다. 길을 닦는 것도 철학하는 일이라고 할 수 있다. 그리스 시대의 소요학파는 그 이름처럼 정원을 천천히 걸으며 철학했다. 이처럼 기존 철학자들의 방식을 따라 할 수도 있지만 다소 힘들어도 육체적인 고통과 번뇌를 통해 스스로를 알아 가고 싶었다. '순례길학교'라는 단체를 만든 것은 이러한 이유에서였다. 내게는 삶과 죽음을 생각하며 걷는 모두가 철학자이고, 걸으며 그 길의 의미를 찾아 가는 모두가 순례자이다.

철학이라는 것이 어렵게 느껴지지만 이 또한 마음먹기에 달려 있다고 생각한다. 나는 어려운 철학보다는 쉬운 철학을 추구한다. 사람들이 산티아고 순례길로 향하는 것은 성 야고보의 흔적보다는 궁극적으로 자기 자신을 찾기 위함이다. 힘든 여정 속에서 나의 본모습을 발견하고, 그동안 지고 왔던 삶의 무게를 길 위에 털어 낸다. 이렇게 삶의 근본을 발견한 다음에는 어떻게 살아가야 할지 생각하게 된다. 그때 생각의 전환을 가능하게 하는 것이 걷기, 그리고 독서이다. 책만큼 우리에게 영향을 주는 것이 있을까. 삶은 책을 읽음으로써 발전한다.

어릴 적 내가 살았던 인천 구도심은 책 읽는 아이들보다는 어렵게 살아가는 부모를 돕는 아이들이 많았다. 나는 돈이 없어 배다리의 헌책방에 가 종일 서서 책을 보곤 했다. 그러다 정말 마음에 드는 한 권을 쌈짓돈으로 사서 집에 가져와 읽으면 얼마나 재미있던지. 책은 나의 자양분이었고, 친구였고, 어른이었다. 아무도 내게 위인전이나 동화책을 사 주지 않았지만 누구보다도 많은 헌책을 읽으며 어린 시절을 보냈다.

고등학교에 가서는 문예부에 들어갔다. 그때만 해도 학교마다 문예부가 있었다. 나는 꽤 인기가 많은 작가 지망생이었고 국문과를 가겠다는 생각도 해 보았지만 법학과로 진학하게 되었다. 대학 첫 1년은 전공과는 거리가 먼 대학생 필독서라는 것들을 마구 읽었다. 쇼펜하우어의 『인생론』을 읽으면 비관적으로 변한다고 했으나 겁도 없이 읽었다. 인생과 관련된 책을 읽고서 인생을 마치기 위해 단풍 여행을 떠나기도 했다.

이후 사법 시험을 합격하고 법조인으로 살아온 30여 년 동안 여전히 나는 책을 손에서 놓은 적이 없다. 사법 연수원생 시절에도, 법무관일 때도, 판사로 근무할 때도, 지금 변호사로서 살아가면서도 책 몇 권을 항상 가방 속에

넣고 다닌다. 독후감을 쓴 지도 15년은 되었다. 쓰는 것은 꽤 어려워, 처음에는 좋은 글귀를 정리하곤 했다. 그렇게 매년 백 권 정도의 책을 읽게 되었다.

끊임없는 공부가 필요한 법조인에게 책과 같은 가르침은 없다고 자부한다. 누구나 그렇지만 법조인도 독서로 세상에 대한 통찰을 할 필요가 있다. 서초동의 법조인들을 대상으로 한 서초독서회를 만든 것도 이러한 까닭에서다. 매달 새로운 책을 회원들에게 제시하고, 종종 저자를 초빙하여 소통하는 시간을 갖는다. 이 독서 모임의 목표는 '독만행만讀萬行萬'이다. 책을 읽지만 말고 그 내용을 직접 실천해 보자는 것이다. 바다 쓰레기에 대한 책을 읽으면 그걸 치우러 가고, 환경에 대한 책을 읽었으면 지구를 살리는 행동을 찾아 하는 것. 이렇게 책이 나를 바꾸고 세상을 바꾸어야 한다고 강조했다.

나는 앞으로도 올바르게 걷는 사람이고 싶다. 그리고 올바르게 제안하는 사람이 되길 바란다. 무엇이든 속도보다는 방향이다. 이를 기준 삼아 그동안 내가 읽은 책들 가운데 58권을 골라 소개한다. 책을 소개하는 것은 단순하지만, 책을 받아들이는 것은 복잡하다. 길을 걷는 인간과 책을 읽는 인간은 결국 같은 행위를 하는 철학자들이라는 말을 전하며, 어디로 나아가야 할지 혹은 제대로 가고 있는 게 맞는지 고민하는 이들에게 조금이라도 도움이 되길 바란다.

책을 낸다고 처음 말했을 때 바쁜데도 열심히 한다며 오히려 격려해 준 속 깊은 아내와 대학 입시 준비 중인 아들에게 고마움을 전한다. 또 이 책의 추천사를 써 주신 김현 전 대한변호사협회 협회장님, 김학자 대한변호사협회 부협회장님, 구재이 한국세무사회 회장님, 윤태옥 작가님께도 감사드린다.

그리고 시작부터 초보 저자의 심정을 잘 이해하고 이끌어 주신 궁편책 김주원 대표님과 꼼꼼하게 하나하나 챙기면서 저자의 부족한 점을 살펴 끝까지 역할을 다해 주신 이다겸 책임편집자님의 도움이 없었다면 이 책은 세상에 나오지 못했을 것임을 고백한다.

조용주

1

한국사
익숙한 길이 순례길이 되는 순간

목차

2
세계사
다시 걸으면 보이는 것들

3

4

5

인간
내 안에서 길을 잃지 않으려면

6

익숙한 길이
순례길이
되는 순간

익숙한 길이 순례길이 되는 순간

4년 전, 걷기를 사랑하는 지인들과 길을 통해 배우는 인생학교 개념의
'순례길학교'를 만들었다. 그때 염두에 둔 목표가 하나 있었는데,
DMZ 인접 지역을 먼저 순례해 보는 것이었다.
서울과 지근거리에 있으면서도 왠지 모를 심리적 거리감을 두고 살아온
그 전방 지역이 궁금해졌기 때문이다.
평화순례길 프로젝트는 그렇게 시작되었다.

'평화의 순례길 만들기 프로젝트' 중에서

평화의 순례길 만들기 프로젝트

『두루미의 땅, DMZ를 걷다』

박경만, 사월의책, 2023

4년 전, 걷기를 사랑하는 지인들과 길을 통해 배우는 인생학교 개념의 '순례길학교'를 만들었다. 그때 염두에 둔 목표가 하나 있었는데, DMZ 인접 지역을 먼저 순례해 보는 것이었다. 서울과 지근거리에 있으면서도 왠지 모를 심리적 거리감을 두고 살아온 그 전방 지역이 궁금해졌기 때문이다. 평화순례길 프로젝트는 그렇게 시작되었다.

1953년 7월 27일, 3년 넘도록 끌어온 전쟁이 휴전 협정으로 정전되면서 기존의 남북 경계선이던 38선은 남북 대치선인 휴전선으로 바뀌었다. 남과 북은 당시 대치 중이던 휴전선 지점에서 2킬로미터씩 뒤로 물러나 완충 공간인 DMZ를 만들기로 합의했다. 그로부터 70년이 훌쩍 흘렀다. 차마 내려놓을 수 없는 상실의 아픔을 고스란히 끌어안고 견딘 인고의 세월이었다. 상처뿐인 이 비극의 땅이 이제는 평화의 성지로 거듭나기를 바라며 평화순례길에 나섰다.

나의 평화순례길은 강화 평화전망대를 시작으로 강원도 고성까지, 2020년부터 2년여에 걸쳐 이어졌다. 부득이 차로 지나칠 수밖에 없는 일부 구간을 제외하고는 주말마다 혹은 1박 2일의 일정으로 민족의 분단 현장을 걸었다. 우려했던 것보다 DMZ 인근 지역의 자연 환경은 건강해 보였다. DMZ 일대는 환경 생태 보호 지역으로 지정되어 있다. 이 책에 등장하는 천상의 새, 두루미가 전 세계적으로 철원을 중심으로 한 DMZ에 주로 서식하는 것도 70년 동안 사람의 손길이 거의 닿지 않았기에 가능한 일이었다.

『두루미의 땅, DMZ를 걷다』는 오랜 시간 괄호 쳐져 버려진 땅 500킬로미터를 한겨레신문 선임 기자인 저자가 직접 두 발로 누비며 쓴, 말하자면 DMZ 길라잡이다. 저자는 백령도, 대청도, 연평도, 말도, 볼음도, 교동도 등 인천 연안의 섬부터 강화 평화전망대와 여러 돈대를 거쳐 김포로 향한다. 순례길학교를 통해 내가 걸었던 것과 거의 일치하는 경로이다. 김포부터 연천까지는 경기문화재단에 의해 평화누리길이 잘 조성되어 있어 아름다운 풍광과 역사 현장이 어우러진 명소가 많다. 강원도 구간인 철원, 양구, 화천, 인제, 고성까지는 아직 길이 다 연결되지 않아 중간중간 이어 걸을 수 없는 부분도 있다. 아쉽지만 언젠가 이곳에도 걷기 좋은 길이 조성되리라 기대한다.

평화순례길을 걸으며 나 역시 수많은 조류를 만났다. 특히 늦가을부터 겨울 동안에는 세상 모든 새들이 임진강과 한탄강 인근에 집합한 것 같은 착각마저 들 정도다. 이 책의 저자도 두루미에 빠져 온 DMZ를 헤매기 시작했다. 두루미는 보통 철원 등지에 서식하는데 드넓은 철원 평야에서 추수가 끝나고 남은 낙곡을 주 먹이로 삼는다. 옛날에는 휴전선 북쪽에도 두루미가 많았다는데 북쪽이 경제적으로 어려워지면서 낙곡도 귀해지자 대거 남쪽으로 이동해 온 것이다.

책을 쓴 박경만 기자는 DMZ 주변 지역을 15년간 취재하면서 그곳의 역사와 생태, 그리고 사람들의 이야기를 꼼꼼히 기록했다. 그래서인지 이 책은 두

발로 기록한 인문역사지리서에 가깝다. 경순왕이 나오는 신라 말의 이야기
며 매소성에서 신라군이 대승한 이야기, 임진왜란 당시 도주하던 선조의 잘
못된 선택으로 전쟁에서 패한 이야기 등 시대와 주제를 망라하여 지역과 관
련된 부분들을 다룬다.

    평화순례길 프로젝트를 진행하는 동안 걸었던 DMZ 인근의 길들이 책을
읽으며 다시금 떠올랐다. 아름답고 유서 깊은 역사적 명소들이 곳곳에 산재
해 있었다. 임진강과 한탄강 일대는 과거 고구려와 신라의 국경 지역으로, 저
자가 언급한 곳들을 비롯한 삼국 시대의 역사 현장이 여전히 다수 존재한다.
고구려 성의 흔적을 마주했을 때는 만주를 휘저은 우리 기마 민족의 기질이
가슴에 북받쳤다. 고구려는 더 이상 관념 속에서만 존재하는, 아득히 먼 고대
국가가 아니었다. 이외에도 개성과 비교적 가까운 곳에서는 고려의 역사 문
화가, 철원 등에서는 궁예와 태봉의 자취가 지금까지 생생하다.

    저자는 뒤이어 6사단이 중공군에게 대승을 거둔 파로호 전투, 한국군의
대패로 형세가 기운 현리 전투 등 DMZ 인근에서 전개된 한국 전쟁의 흔적을
더듬으며 당시 상황을 이해하는 데도 많은 도움을 준다. 이처럼 DMZ에 얽
힌 다채롭고 흥미로운 속 이야기를 풀어내면서 종국에는 독자가 직접 그곳
을 방문하고 싶게끔 만드는 것이 이 책의 가장 큰 매력이다.

삼국 시대 민중들의 신화를 찾아서

『꿈꾸는 삼국유사』

김정란, 한길사, 2023

역사서라고 하면 보통 학식이 높은 조정의 관리나 사가가 집필한 것이 대부분이다. 그런데 특이하게도 『삼국유사』는 일연이라는 스님이 쓴 책으로 알려져 있다. 『삼국사기』와 함께 가장 오래되고 중요한 우리 역사서 가운데 하나로, 어린 시절 할머니한테서나 들었을 법한 전설 같은 이야기들이 가득하다. 이러한 이유로 학계에서는 『삼국유사』를 정통 역사서가 아닌, 역사와 신화가 공존하는 일종의 기이한 야사로 분류한다.

신화나 전설이라 해서 무턱대고 믿을 수 없는 허황된 이야기로 치부하면 곤란하다. 당시의 지식으로는 설명하기 어려운 자연 현상이나 불가해한 사건들을 그 시대의 언어로 증언한, 체계적이고도 실증적인 기록물이기 때문이다. 단순히 지금의 관점에서 신화를 비논리적이며 불합리한 이야기로 재단해 버리려는 것은 오히려 무지의 소치라 할 수 있다. 일연이 살았던 13세기는 몽고족에게 나라를 유린당한 고려 정부가 강화도로의 천도까지 감행해야 했던 어지러운 때였다. 이 시기 일연은 민족혼을 되살리고 조각난 정통성을 회복하기 위해 『삼국유사』를 썼다. 우리 민족의 정신적 뿌리인 단군 신화부터 오랜 세월 구전으로만 존재하던 방대한 옛이야기들을 일일이 찾아 수록

한 것도 그러한 까닭에서다.

이 책『꿈꾸는 삼국유사』의 저자 김정란 교수에 따르면 신화는 본래 죽음을 설명하기 위한 목적에서 유래했다고 한다. 인간은 태어나면서부터 줄곧 죽음과 대립적 방식으로 존재 의미를 찾곤 하는데 우리가 어떻게 살아가고, 또 행동해야 하는지 일러 주는 지침이 바로 신화라는 것이다. 유사 이래 인류의 최대 의문은 '인간이란 왜 존재하며 죽어야 하는지, 죽은 다음에는 어찌 되는지'에 대한 것이었다. 신화는 이에 답을 제시하는, 그 시대 나름의 방식이었다. 따라서『삼국유사』에 나오는 이야기들은 우리 민족의 삶과 죽음, 인생의 의미, 위기를 극복해 가는 방법에 대한 설명이라 할 수 있다. 행간 곳곳에 일연이 부처를 통한 구원을 언급한 이유이기도 하다.

고구려, 백제, 신라의 역사에서부터 시작되는 정사인『삼국사기』와 달리, 야사인『삼국유사』는 단군 시대부터 언급하고 있다. 단군 신화는 우리 민족의 의식 구조 속 남아 있던 모계 사상을 보여 준다. 단군의 어머니 웅녀는 곰의 화신으로, 곰은 원래 신성성과 여성성을 상징한다. 후에 남성 중심의 가부장제 문화로 바뀌면서 배제되었을 뿐이다. 지금은 미국의 테디 베어나 곰돌이 푸, 중국의 판다에 이르기까지 아이들에게도 친근한 동물로 받아들여지고 있다. 저자는 현대 사회에서 곰이 오히려 인형이나 만화 캐릭터 등을 통해 대중에게 사랑받고 있음을 지적한다.

이 책에서 특히 재미있는 부분은 처용 이야기에 대한 저자의 해석이다. 처용이 부인의 바람기를 참는 무능한 남자로 묘사되었다고 흔히 생각하는데, 사실 질병을 퍼뜨리는 역신이 처용의 아내를 강간한 사건에는 단순히 병에 걸린 것 이상의 의미가 담겨 있다고 한다. 다시 말해 도덕적으로 망조가 든 당시 신라 사회를 신랄하게 풍자했다는 것이다. 국운이 기울고 있음을 눈치

챈 처용이 헌강왕에게 경고하지만, 왕이 이를 알아채지 못해 결국 신라가 망하게 된다는 것이 처용가의 속뜻이란 주장이다.

처용가를 일종의 참요라고 일컫는 데는 이러한 이유가 있었다. 참요는 장차 정치적으로 이루어지기를 바라는 내용을 이미 이루어진 것처럼 부르는 노래이다. 불특정 다수가 듣는 이로 하여금 무슨 말인지 쉽게 알아들을 수 없도록 수사학적으로 위장하여 부르는 것이 특징이다. 서동요가 그 하나의 예로, 신라에 흡수된 백제 유민들이 과거 그들의 우상이었던 무왕을 등장시켜 신라 공주와 결혼하여 다시 왕이 되길 바라는 내용을 담고 있다. 신라의 전설 속에 나오는 요술 피리, 만파식적도 그러하다. 그것을 연주하면 가뭄이 멈추고 질병이 그치며 국가의 어려움이 절로 해결된다는 설이 전해지는데, 이 역시 정치적 목적에 의해 작위적으로 만들어진 이야기일 것이다. 한편 저자는 원효가 의상보다 역사적으로 더 높은 평가를 받는 이유에 대해서도 설명한다. 원효는 어떤 것에도 구속받지 않고 거침없는 자유인으로 묘사되는데, 이는 귀족이 아닌 민중의 시각에서 일연이 저술했음을 보여 주는 하나의 단초라는 것이다.

그동안 나는 신라가 통일된 후 제대로 전성기를 누리지 못한 채 후삼국으로 분열된 속사정에 대해 막연한 궁금증을 가지고 있었다. 장보고, 최치원, 설총과 원효, 의상, 자장과 같은 걸출한 인물들이 활약했던 시기. 고려가 건국되기 전까지 250년여에 걸친 이 땅의 방대한 고대사가 야사라는 꼬리표를 달고 신비로운 이야기 형식으로『삼국유사』에 담겨 있다. 그 봉인을 신선한 관점으로 풀어낸 이 책,『꿈꾸는 삼국유사』의 행간에 내 나름의 상상력을 곁들여 오래 간직해 온 궁금증의 실마리를 더듬어 볼 수 있었다.

해설가와 함께하는 역사 여행

『일상이 고고학, 나 혼자 백제 여행』

황윤, 책읽는고양이, 2020

이 책의 저자는 꽤 독특한 이력을 지녔다. 법을 전공했다는데 박물관이나 유적지를 홀로 다니며 글을 쓴다. 그의 발걸음을 따라 풍납토성과 몽촌토성을 거닐다 보면 이곳이 한때 백제의 영토였음을 새삼 깨닫게 된다. 한성 백제 초기에 축조된 풍납토성, 그리고 남쪽으로 이동하여 언덕 위에 쌓은 몽촌토성. 풍납토성은 일제 강점기 때 홍수로 우연히 유물이 발견되면서 과거에 성이었다는 사실이 밝혀졌다. 한강 건너편에 아차산성이 존재하는 것으로 보아 백제와 고구려가 한강을 사이에 두고 대치했음을 짐작할 수 있다. 올림픽 공원 안에 있는 몽촌토성의 존재는 이전부터 알려져 있었지만, 풍납토성은 그 역사적 위치가 제대로 확인되지 않은 상태에서 개발을 진행하는 바람에 완전한 복원이 어려워졌다.

잠실의 백제 유적으로는 석촌동 고분과 방이동 고분이 있다. 강남이 개발되고 그 일대가 주택가로 변하면서 이 고분들만 겨우 살아남아 지금은 동네 공원쯤으로 취급받고 있다. 원래 잠실 지역에는 백제 고분이 290기나 있었다는데, 방치되는 사이 대부분 사라지고 겨우 3~4기 정도만 남은 것이다. 이 고분들의 분묘 조성 방식은 대개 고구려와 유사하여, 초기 백제인들이 부여

나 고구려계 북방 유민 세력이었음을 알 수 있다.

서울에는 풍납토성과 몽촌토성, 석촌동과 방이동 고분 외에도 한성백제 박물관이 있다. 백제로의 여행을 떠나기 전에 이 박물관부터 둘러볼 필요가 있다. 백제는 한성 백제, 공주 백제, 부여 백제 시대로 나뉘는데 그중 한성 백제는 아신왕이 396년 고구려 광개토대왕의 침략을 받아 항복했을 때까지를 가리킨다. 광개토대왕은 한성 지역을 빼앗고 백제 왕의 동생과 열 명의 대신들을 인질로 잡아갔다. 한성을 잃은 백제는 공주로 물러나 그곳의 지방 세력과 연합하여 공주 백제 시대를 열었다. 그러다 다시 부여로 도읍을 옮겼고, 무왕 때는 익산으로 이동하면서 점차 세력이 줄어드는 듯했는데 무령왕 이후 전라도 지역을 통합하면서 힘을 어느 정도 회복했다.

공주 백제 시대의 유적으로는 공주 수촌리 고분과 송산리 고분이 있다. 저자는 공주에서 가 보아야 할 곳으로 정지산 유적을 든다. 정지산 구릉 지대에 자리한 이곳은 왕이 하늘에 제사를 지내던 제단으로, 여기서 공주 시내를 내려다보면 공산성과 유유히 흐르는 금강까지 한눈에 들어온다. 다음으로 향할 곳은 국립공주박물관이다. 무령왕릉을 보기 위해서다.

무령왕릉의 발견은 무덤 주인이 백제사에서 매우 중요한 군주라는 점 때문에 더욱 주목받았다. 무령왕릉에서 나온 유물은 총 108종에 4,687점이나 된다. 이 유물들이 소장된 국립공주박물관은 무령왕을 위한 시설이라고 해도 과언이 아니다. 무령왕릉 지석을 보면 지신에게 무덤 쓸 자리를 매입했다는데, 당시의 특별한 매지권 문화가 드러나는 부분이다. 마지막으로 부여의 백제 유적은 관북리 유적과 정림사지, 능사 등이 있다. 이곳은 정부에 의해 백제역사문화단지로 개발되어 볼거리가 많다. 최근 익산 미륵사지 석탑도 재건되고 국립익산박물관 역시 새로 개장하면서 백제 유물을 보려는 관광객들의 발길이 끊이지 않고 있다.

한민족 탄생의 긴 여정

『**신라의 통일전쟁: 백제 멸망에서 고구려 멸망까지**』

이상훈, 민속원, 2021

한반도 역사에서 통일 전쟁이 세 번 있었다. 두 번은 성공했고, 한 번은 중국의 방해로 성공하지 못했다. 그 두 번의 성공은 신라, 그리고 고려의 통일 전쟁이었으며 한국 전쟁이 나머지 한 번에 해당한다. 이 책은 신라가 당나라와 연합하여 660년부터 668년까지 백제와 고구려를 멸망시킨 과정에 대해 분석하고 있다. 신라가 외세를 빌려 같은 민족을 멸망시킨 거라며 평가 절하하는 입장도 있지만, 저자는 오히려 한민족이라는 개념이 신라의 통일 전쟁부터 정착되었다고 주장한다. 이는 7세기까지 한반도에 존재했던 세 나라가 나름대로 독립된 정체성을 가지고 있었기에 한민족이라는 개념이 상대적으로 옅었다는 뜻이기도 하다.

삼국은 각자의 영역을 오랫동안 고수했고, 이를 위해 연합했으며 때로는 전쟁까지 불사했다. 따라서 지금의 한민족 개념을 그 시대에 투영하면서 외세를 끌어들여 우리 민족의 지배 범위만 줄였다는 식으로 재단하는 것은 결코 옳지 못하다. 결과적으로 한반도는 불완전했지만 하나의 영토로 합쳐질 수 있었고 그 안에서 각국 유민들이 한민족으로서의 정체성을 지니게 되었다. 이를 기반으로 고려, 조선까지 하나의 역사가 이어져 왔으니 신라의 통일 전쟁은 통일된 민족성을 형성하는 데에도 큰 기여를 했다고 볼 여지가 충분하다.

고려가 통일 전쟁을 할 때도 북쪽의 여진족을 동원하여 후백제를 공격한 사실이 있다. 신라가 고구려와 백제를 멸망시키기 위해 당시 최고의 강대국이었던 당나라 군대를 끌어들인 것과는 좀 다른 상황이지만 말이다. 당시 신라의 힘만으로는 백제도 무너뜨릴 수 없었다. 백제 사비성을 공격할 때 당나라는 15만 명의 군대를 동원한 것에 비해 신라군은 고작 5만 명이었다. 당나라의 도움이 절대적이었던 셈이다. 고구려를 칠 때도 신라는 비슷한 규모의 군대를 보냈는데, 당나라는 백제 때보다 많은 병력을 투입했다.

사정이 이렇다 보니 당나라는 백제 지역에 웅진 도독부, 고구려 지역에 안동 도호부를 설치했다. 사실상 한반도를 식민지로 삼으려는 속셈으로, 신라군의 공로를 전혀 인정하려 들지 않았던 것이다. 결국 당나라는 본색을 드러내 신라를 공격했고, 신라는 매소성 전투에서 승리하여 당나라가 더 이상 남쪽으로 내려오지 못하도록 막았으며 웅진 도독부에 주둔하던 당나라 군대도 몰아냈다. 이처럼 신라는 외세의 힘을 빌려 백제와 고구려를 멸망시킨 대가로 당나라와 다시 전쟁을 치러야 했다. 다행히 당나라는 자신들의 내부 사정으로 철수했지만 이 혼란한 상황을 틈타 발해가 고구려 땅에 세워지는 결과를 초래했다. 우리 역사에서 만주 지역을 상실하게 된 뼈아픈 빌미가 이때 제공된 것이다.

백제의 멸망은 의자왕을 비롯한 집권층이 단결하지 못했고, 외세가 너무 막강했던 탓이 크다. 최근 연구에 의하면 의자왕이 항복하는 과정에서 중국 출신 귀화인의 반역이 큰 역할을 했다고 한다. 후에 일어난 백제 부흥 운동도 일본에서 1,000여 척의 배가 원군으로 왔지만 실패했는데, 부흥 운동의 근거지였던 주류성과 임존성의 위치에 대해서도 이 책은 다른 의견을 내놓는다. 백제가 갑자기 망하게 되자 갈 곳을 잃은 백제군이 의기투합하여 한때는 200여 곳의 백제 고토를 회복했으나 지휘부의 불화로 나당 연합군에 의해 궤멸되고 말았다는 것이다. 고구려 역시 연개소문이 죽은 뒤 형제들끼리 분열하고, 당나라에 의지하는 자까지 생기면서 급격히 침몰했다.

이로써 한반도를 분할했던 두 나라는 사라지고, 한반도 면적의 3분의 2만 차지한 채 통일 신라 시대가 열렸다. 이후 300여 년간 외세의 침략을 전혀 받지 않았던 통일 신라는 외침이 아닌 호족들의 반란에 의해 멸망하기에 이른다. 장보고를 비롯한 해양 세력이 크게 발달하기도 했지만 오랜 안정으로 안일하게 통치되다 보니 내부로부터 분란이 생겨 왕건에게 나라를 헌납하게 된 것이다.

신라의 통일 전쟁은 사실 당나라의 힘에 의존했기에 정작 신라의 역할은 보조적인 것에 국한되었다고 볼 수 있다. 그러나 역설적이게도 가장 힘이 약했던 신라로 말미암아 한반도의 세 나라가 융합되어 새로운 문화적 시너지를 만들어 냈으며 한민족의 정체성을 확고히 다지게 되었다. 물론 지금까지도 충청도와 전라도는 백제의 영역으로, 경상도는 신라의 영역으로, 또 경기도와 강원도는 고구려의 영역으로 각기 고유한 지역 색채를 간직하고 있다. 후삼국 시대에도 그렇게 세 개의 지역으로 나뉘어 고구려의 후예를 자처한 왕건의 경기도 해양 세력에게 권력이 이어진 것이다.

이 책을 통해 새로이 알게 된 것은 김유신 장군이 당나라와 고구려의 전쟁 중에 적진을 뚫고 식량을 보급했다는 일화와 지금의 아차산성인 북한산성에서 고구려와 말갈족이 신라를 치다가 천재지변으로 그냥 되돌아갔다는 사실이다. 또 백강구 전투에 대해서는 비중 있게 다루지 않았지만, 이 전투에서 백제 부흥을 위해 바다를 건너온 일본의 원군이 당나라 수군과 치열하게 싸운 이유를 '귀소성적歸巢性的' 행위로 설명하기도 한다. 이와 관련하여 일본의 천황계가 백제로부터 비롯되었다는 DNA 분석 자료도 발표되었는데, 저자의 생각이 궁금하다.

서울 북부에는 고구려 성들이, 충청도와 전라도에는 백제 산성들이 여전히 남아 있다. 치열했던 신라의 통일 전쟁 흔적들이 지금껏 생생히 존재한다는 의미다. 문득 백제 부흥 운동의 발자취를 따라 백제 고토를 돌아보고 싶은 마음이 든다.

두 번의 통일을 경험한 역사로부터 배우는 것들

『권력 이동으로 보는 한국사』

이정철, 역사비평사, 2021

지나온 기록들을 통해 많은 지혜와 경험을 배울 수 있다는 점에서 역사와 관련된 책이야말로 책 중의 책이라는 인식을 나는 가지고 있다. 역사를 일정 기간별로 끊어서 살펴보면 각 시기마다 유사한 정치적 소용돌이가 반복되고 있다는 느낌이 강하게 든다. 과거임에도 불구하고 역사는 그 시점에 항상 고정되어 있는 사건이나 사유가 아니라 계속해서 새롭게 발전한다는 주장도 존재하지만, 어쩌면 일정한 패턴으로 순환하는 것이 아닐까? 만약 그렇다면 눈부신 문명의 진보와는 무관하게 사람들이 가진 욕망은 변하지 않았기 때문일지도 모른다. 하지만 구태를 되풀이하는 역사일지라도 그 흐름 속에서 자신만의 시대적 안목을 가질 필요가 있다.

우리 역사를 통틀어 두 번의 통일이 있었는데, 신라의 삼국 통일과 고려의 후삼국 통일이다. 차이가 있다면 신라는 외세를 끌어들였고, 고려는 외세의 도움 없이 자주적으로 통일을 이룩했다는 것이다. 백제와 고구려의 양면 공격으로 존망의 기로에 선 신라는 당나라에 충성을 맹세하고 그 병력을 빌려 백제와 고구려를 차례로 망하게 했다. 그렇게 통일을 이룬 신라는 당나라의 제후국처럼 행동하기도 했다. 경상도 지역 공무원들 사이에서는 당나라 복식이 크게 유행했을 정도다. 그러나 당나라가 웅진 도독부와 안동 도호부를 설치하고 한반도에 대한 야욕을 드러내면서 신라는 또 다시 전쟁을 치러야 했다. 결국 매소성 전투와 기벌포 전투 등을 통해 당나라 세력을 쫓아낸 다음에야 통일이 완성되었다.

첫 번째 통일은 우리에게 중요한 역사적 교훈을 남겼다. 당면한 위기를 피하기 위해 외세를 끌어들여 함부로 그 힘에 기대려다가는 나라가 아예 망할 수도 있다. 고종이 임오군란과 동학 혁명 때 청나라 군대를 불러들이면서 결과적으로 조선이 쇠망의 길에 들어선 것처럼 신라도 사실 그러한 역사적 오점을 남길 뻔했다. 당시 당나라는 신라와 싸우는 동안 토번 제국이 장안까지 쳐들어올지도 모른다는 불안감에 군사를 자진 철수한 것이었다. 또 그들로서는 적잖은 출혈을 감수하면서까지 삼한 지역의 작은 땅을 차지해야 할 절대적 이유가 없기도 했다. 그저 주변 나라들을 복속시켜 천하 제국이 되려는 욕심에서 파병했을 뿐이다. 비록 지나간 역사라고는 하지만 정말 아슬아슬하면서도 천만다행인 가르침이 아닐 수 없다.

통일된 신라가 후삼국 시대로 분열한 것은 경주 출신 진골만 등용되고 6두품 이하는 출세할 수 없는 사회 분위기 때문이었다. 일종의 카스트 제도가 있었던 셈인데, 이처럼 출생 신분으로 사회적 지위가 결정되는 상황 속에서 6두품들은 중국으로 유학을 떠났다. 혹은 불교에 귀의하여 스님이 되거나 속세와의 연을 접고 초야에 묻히기도 했다. 뛰어난 인재였던 최치원도 뜻을 제대로 펼치지 못하고 가야산에 들어가 어떻게 죽었는지조차 알 길이 없다. 신라는 이런 식으로 천 년을 지탱했다.

말기에 이르러 지방 호족들이 세를 규합했고, 진골 아닌 인재들이 점차 그 아래로 모여들기 시작했다. 이렇게 형성된 호족 세력은 고려 개국의 밑바탕이 되었다. 두 번째 통일이 이루어진 것이다. 고려 초기에는 이들을 왕권 강화의 걸림돌로 인식하여 누르려는 시도가 많았다. 광종 때 전국에 12목을 설치하고 목사를 파견함으로써 완전한 중앙 집권 체제를 갖추긴 했는데, 호족세력을 모두 수도인 개성에 살게 하면서 새로운 권문세가가 형성되어 내내 백성들을 힘들게 만들었다. 결국 고려 말, 조선 초 유교로 무장한 선비 계급의 등장과 함께 이들은 다시 타도 대상으로 전락했다.

고려 초기의 중앙 집권 시대를 거쳐 차별받던 무신 세력이 권력을 차지했으나 원나라의 부마국이 되면서 부원 세력이 생겨났다. 권력의 중심이 문신에서 무신으로, 다시 원나라 세력으로 이동한 것이다. 이때 무신 정권이 백년이나 지속되었다는 점에서 무려 천 년간 무신 정권을 이어 온 일본이 떠오른다. 원나라가 침입하지 않았다면 고려의 무신 정권도 더 오래 유지되었을지 모른다. 이성계가 위화도 회군으로 권력을 잡았다는 사실을 감안하면 조선을 무신 정권의 연장선으로 볼 여지가 있다. 물론 이성계가 신진 사대부들의 도움을 받아 나라를 통째로 바꾸는 바람에 제2의 무신 정권이 무산되었다고 해석할 수도 있다. 이성계는 건국 초기부터 명나라에 대한 사대주의를 국시로 했다. 만약 명나라와 요동을 두고 계속 전쟁을 벌였다면 조선은 명나라 영토가 되었을 수도 있다. 원나라가 고려를 자신들의 지방 행성 중 하나로 편입시키려 했던 것처럼 말이다.

우리나라 역사를 보면 변혁기마다 그 변화를 추동하는 세력이 등장했다. 기존의 모순을 해결하고 새로운 사회로 나아가는 길을 닦은 신진 세력이 바로 그들이다. 그리고 지금 우리는 통일 시대로 향하는 변혁기에 또다시 직면한 상태다. 이를 주도할 젊은 신진 세력을 만들어 내는 것이 대한민국이 당면한 과제이리라.

항몽 투쟁의 역사, 삼별초

『삼별초』

윤용혁, 혜안, 2014

삼별초는 몽골의 침입에 맞서 최후까지 항전하다 장렬히 산화한 고려의 특별 부대다. 따라서 고려인의 자주 정신을 대표하는 군사 결사체로 거론되기도 하는데, 본래 최씨 무신 정권의 친위대로서 좌별초, 우별초, 신의군이 그 시초다. 별초란 전쟁 때 임시로 편성되는 군대를 가리키지만 삼별초의 경우 거의 정규군과 다름없이 운용되었다. 이들은 공적 임무를 수행했을 뿐 아니라 국가 재정으로 양성되었으며 국고에서 지출되는 녹봉도 받았다. 그렇지만 무신 집권자 최우에 의해 사병의 성격으로 출발한 조직이었기에 정변이 생길 때마다 무신들의 중요한 무력 기반으로 이용되었다. 특히 강화도로 수도를 옮긴 후에는 무신 정권을 지탱하는 핵심적인 역할을 담당했다.

고종이 강화도로 천도한 것은 원나라의 군대를 피해 섬에 배수진을 치고 막아 내려는 의도에서였다. 이미 대부분의 고려 영토와 정규군은 몽고군의 공격에 와해되고, 강화도를 지키는 군대는 삼별초 중심으로 이루어지고 있었다. 자연스레 막강한 군인들이 삼별초에 들어와 무신 정권을 지지하며 항몽 투쟁을 이어 갔다. 이처럼 두 가지 성격을 모두 지닌 삼별초였지만, 결국 임연과 임유무를 몰아내고 백 년간 지탱해 온 무신 정권을 끝장낸 것 또한 삼별초의 신기군이었다.

삼별초의 봉기는 원종이 강화도에서 개성으로 수도를 다시 옮기는 과정에서 발생했다. 원종은 삼별초 군인들의 명부를 쥐고서 개성으로 돌아오지 않으면 왕명으로 다스릴 것을 경고했다. 하지만 배중손 장군이 이끄는 삼별초 부대는 굴하지 않고 강화도에서 원종의 친몽 정책에 반대하며 끝까지 독자적인 투쟁을 이어 가기로 결의한다. 이들은 배중손 장군의 지휘하에 1,000여 척의 배를 타고 강화를 떠나 진도로 건너갔다. 진도의 용장성에서 고려 왕족인 왕온을 왕으로 추대하고 궁궐을 지어 남해안을 경략하고자 했지만, 채 1년을 못 버티고 고려와 몽골의 연합군에 패퇴하고 만다. 일부 살아남은 부대원들이 본거지를 제주도로 옮겨 김통정을 중심으로 1273년 4월까지 잔존했으나 다시 시작된 여몽 연합군의 대대적인 공세에 붉은오름에서 최후를 맞이했다.

삼별초는 몽골이라는 강력한 외세의 침입에도 불구하고 고려의 자주성을 마지막까지 주장하며 그 기백과 기상을 결코 포기하지 않았다는 데 역사적 의의가 있다. 또 해양 세력으로서 섬들을 무대로 활약하며 바다의 가치를 잘 이해했다는 점도 그러하다. 삼별초가 사라진 후 고려와 조선은 또 다른 삼별초의 출현을 우려해 아예 섬을 비우는 공도 정책을 펼쳐 섬을 방치하고 더 이상 개발하려 하지 않았다. 여몽 연합군은 진도와 제주도의 삼별초를 물리치는 과정에서 일본 열도의 정벌을 준비하기도 했지만, 삼별초가 4년이 넘도록 버티는 사이 시간이 지체되면서 태풍 등의 이유로 유야무야되고 말았다. 여담이지만 삼별초가 4년 동안 저항하지 않고 고려가 몽골에 일찍이 굴복하여 일본 정벌이 서둘러 진행되었다면 그 시기는 1230년대로 거슬러 올라가게 되고 태풍도 만날 일이 없었을 것이다. 즉 가마쿠라 막부가 무너지면서 일본 역사는 새로 쓰였을지도 모를 일이다. 자신들도 모르는 사이 일본은 구사일생의 행운을 얻은 셈이다.

몽골은 삼별초가 끝내 패퇴했던 제주도를 지배지로 삼고 탐라총관부를 만들었다. 그들은 섬을 직접 경영하면서 말을 키웠고 목호라는 말 관리인들을 보내 살게 하기도 했다. 제주도에 다수의 성씨가 등장하게 된 것도, 말 관련 산업이 발전한 것도 모두 이때부터다. 제주 내 몽골 세력은 1374년 최영 장군이 2만 명의 군대를 동원하여 몰아낼 때까지 약 백 년간 지속되었다. 제주 문화 속에 여전히 몽골의 흔적이 남아 있는 이유다.

이순신의 수군 재건로 탐사 일기

『**이순신과의 동행**』

이훈, 푸른역사, 2014

이순신이 원균의 모함과 왜군의 반간책으로 파직되어 한양으로 압송되자 선조는 왕명을 어긴 죄를 물어 그를 사형에 처하려 했다. 대신들의 간청으로 겨우 목숨을 부지한 이순신은 계급장도 없는 백의종군의 명을 받아 남해로 향했다. 그러던 중 어머니의 부고와 칠천량에서 원균의 수군이 대패했다는 소식을 연이어 듣게 되고, 진주시 수곡면 원계리 손경례의 집에 이르러 교지를 받아 다시 삼도 수군통제사에 임명되었다. 다급해진 선조가 자신의 결정이 잘못되었음을 시인하고 이순신에게 수군을 도로 맡긴 것이다.

칠천량 해전으로 전함을 모두 잃어버린 수군은 빈 껍데기와 다름없는 상태였다. 조정에서는 전함도 없으니 수군을 아예 폐지하고 육군에 복속시켜야 한다며 상소가 빗발쳤다. 이순신은 우선 살아남은 군사와 군량미를 파악하고, 경상 우수사 배설이 칠천량 해전에서 도망치는 바람에 화를 면한 판옥선 12척을 회수하며 붕괴된 수군을 신속히 재건해 나갔다. 이 12척의 배가 133척이나 되는 왜선과 맞서 무려 30척을 진도 울돌목 앞바다에 수장시켰다. 명량 해전, 기적 같은 대승이었다.

이 책은 백의종군 중 삼도 수군통제사에 다시 제수된 이순신이 수군 재건을 위해 걸었던 길을 기자 출신인 저자가 직접 두 발로 따라가며 쓴 기록이다. 저자는 진주에서 하동, 구례, 곡성, 순천, 보성을 거쳐 해남까지 이어지는 700리 길을 14박 16일 동안 걸었다. 책을 보면 이순신의 행로 외에 남원성 전투와 또 하나의 난중일기로 알려진 오희문의 『쇄미록』에 대해서도 다루고 있다. 남해는 물론 남원과 강원도 지역의 정유재란 당시 혼란을 둔중한 필치로 생생히 되짚어간다. 남원성에서 1만 명이 넘는 군사와 백성은 5만 명의 왜군에게 몰살당하고 코와 귀가 잘려 나갔다. 강원도는 왜군에 의한 직접적 피해는 없었다지만 조정 관리들의 무자비한 수탈이 극에 달했던 때였다.

이렇듯 두 차례 왜란으로 조선 팔도가 끔찍한 고통에 시달렸는데, 특히 전라도는 그 피해가 필설로 형언하기 힘들 정도였다. 임금부터 오직 자신의 안위만 걱정하며 명나라 군대 눈치를 살피던 아수라장 속에서 이순신의 존재와 그가 이끌어 낸 승리들은 눈물겨운 기적이 아닐 수 없었다. 이 책에서 다시 생각해 볼 대목은 이순신이 조정의 도움 없이 전라도 민초들의 조력만으로 수군을 재건하고 왜군으로부터 나라를 지켜 냈다는 점이다. 지나가는 배의 통행세를 걷고, 백성들의 물자를 군수품으로 조달하고, 젊은 장정들을 지옥으로 가는 지름길이라는 수군으로 차출해 냈다. 왜군이 쳐들어오자 달아나기 바빴던 관리와 관군들은 오히려 수군 징발에 대놓고 반발하기까지 했다.

백성들의 자발적 지원과 협력은 이순신이라는 지도자에 대한 신뢰 없인 불가능한 일이었다. 그들의 숨겨진 희생이 아니었다면 이순신 장군의 승리도 난망했을 것이다. 어쩌면 서해안을 통해 왜군의 전선이 한양까지 밀고 들어와 조선은 역사에서 지워졌을지도 모르겠다. 고향 후배 현덕승이 보낸 편지에 대한 답장에서 이순신은 '약무호남 시무국가若無湖南 是無國家'라는 말을 남겼다. 호남이 없었다면 나라도 없었을 것이라는 고백이다.

한일 간 역사 문제가 꼬이게 된 시발점

『도쿄 대재판』

권영법, 고려대학교출판문화원, 2022

 제2차 세계 대전이 끝난 뒤 패전국인 독일과 일본을 상대로 전쟁 범죄 재판이 이루어졌다. 이른바 뉘른베르크 재판과 도쿄 재판이다. 독일이 먼저 패전함에 따라 미국, 소련, 영국, 프랑스의 합의하에 나치 선전장이었던 뉘른베르크에서의 재판이 우선적으로 진행되었다. 반면 도쿄 재판은 동아시아 전쟁의 승자였던 미국의 극동 위원회가 꾸린 군사 재판소에서 일본의 전쟁 범죄만을 대상으로 전개되었다. 결론적으로 이 두 개의 재판은 전범을 처리하기 위한 형식은 동일했으나 내용 면에서는 완전히 달랐다.

 전쟁 범죄를 A급, B급, C급으로 분류한 건 뉘른베르크 재판에서부터였다. A급은 반反평화에 관한 범죄로, 한 국가가 다른 국가를 정당한 이유 없이 침략하는 행위를 가리킨다. B급은 전쟁 중 갖가지 국제 전쟁 법규를 위반한 경우에 해당된다. 마지막으로 C급은 반反인도주의에 관한 범죄로, 전쟁 중 민간인에 대한 학살, 약탈, 강간 등을 포함한다. 도쿄 재판에서도 일본의 전쟁 범죄자들을 이와 동일한 방식으로 분류하여 처벌하기로 했으나, 재판소는 A급만 처벌하고 B급과 C급에 대해서는 아예 재판을 진행하지 않았다.

A급 전범 재판조차도 형식적인 모양새만 갖춘 꼴이었다.

1946년 5월부터 1948년 11월까지 열린 도쿄 재판은 맥아더의 지휘하에 이루어졌고, 키넌이라는 미국인이 검찰국 수장이 되어 진행했다. 판사는 11개국에서 한 명씩 파견되었는데, 승전한 9개국을 비롯하여 일본에게 침략당한 인도와 필리핀이 참여했다. 정작 가장 심하게 착취당한 식민지였던 조선과 대만은 제외되어 검사나 판사를 파견하지 못했다.

도쿄 재판에서 가장 중요한 쟁점은 히로히토 천황을 재판에 세우느냐에 대한 것이었다. 하지만 미국은 처음부터 그럴 생각이 전혀 없었다. 천황을 처벌할 경우 일본 국민들이 반발할 테고, 그런 민심을 수습하는 데만 100만 명 이상의 군인이 더 동원되어야 할 것으로 판단했기 때문이다. 더구나 공산주의 확산을 저지하려는 트루먼 정부의 계획에 따라 중공과 소련을 견제하기 위한 교두보로서 일본을 부활시키기로 마음먹은 때였다. 히로히토 천황을 마땅히 기소해야 한다는 호주, 중국, 뉴질랜드, 소련 등의 요구는 이러한 이유로 미국에 의해 철저히 묵살되고 말았던 것이다.

1928년부터 1945년까지 만주국 설립, 중국 침략, 동남아시아 점령, 태평양 전쟁 등 천황 승인 없이 이루어진 것은 단 하나도 없었다. 동아시아 전쟁에서 무려 5천만 명이 죽게 된 데는 일본 천황의 책임이 제일 컸지만 도쿄 재판에서는 아예 다뤄지지 않았다. 애초에 제대로 된 처벌을 기대할 수 없는 재판이었다.

11개국 판사 중 유독 특이한 인물이 있었는데, 인도에서 파견된 라다비노드 팔이다. 팔 판사는 처음부터 이 재판을 부정적으로 보았고, 기소된 모든 사람에 대해 무죄라는 소수 의견을 냈다. 영국 식민지 국민으로 살았던 사람인데도 핵폭탄 피해를 입어 전쟁에 패한 일본이 이러한 재판으로 이중 처벌되는 상황에 반감을 가졌던 것이다. 그는 이 일로 일본 정부로부터 최고 훈장을 받았으며 그의 의견은 일본 보수주의와 극우파의 주장으로 포장되어 현재까지 이어지고 있다.

A급 범죄에 대해서만 재판을 연 도쿄 재판에서 7명은 사형, 16명은 종신형, 2명은 금고형을 선고받았다. 개전 당시 총리였던 도조 히데키를 포함하여 사형을 언도받은 7명은 바로 형이 집행되었지만 나머지 사람들은 1년 뒤인 1949년, 미국이 모두 석방하여 명예 회복의 길을 찾게 해 주었다. 이후 일본은 1978년 전범 재판에서 사형이 집행된 도조 히데키 등 A급 전범들을 야스쿠니 신사에 합사하여 한국과 중국 등 아시아 국가들의 반발을 사기도 했다.

미국은 북한이 전쟁을 일으키자 공산화 확산을 막는다는 명분으로 1951년 샌프란시스코 조약을 통해 일본의 주권을 바로 회복시켜 주었고 경제 발전까지 도왔다. 이 조약이 체결되는 과정에서도 일본의 최대 피해국인 한국과 중국은 참여하지 못했다. 오늘날 독도에 대한 일본의 터무니없는 주장이 계속되는 건 이런 원인들이 존재해서다.

도쿄 재판이 승자의 재판이었을 뿐이라는 것은 일본의 시각이지만 국제법과 관련하여 몇 가지 새로운 원칙이 세워진 계기가 된 것도 사실이다. 우선 침략 전쟁을 벌이는 건 국가지만 그 국가의 의사 결정은 결국 구성원 개개인이 하므로, 개인들의 책임 여부에 대해 명확한 원칙이 세워졌다. 이전엔 외교적인 문제는 국가가 책임지는 것이지, 개인이 책임지는 게 아니라는 견해가 많았다.

도쿄 재판에서는 소급효의 문제가 제기되기도 했는데, 침략 전쟁을 벌일 당시 국제 처벌 규정이 존재하지 않았기 때문에 처벌을 소급 적용할 수 없다는 변호인의 주장이 있었다. 이에 대하여 침략 전쟁은 국제 관습법상 그 자체로 이미 불법임을 확인하고 처벌 가능하다는 판례가 만들어졌다. 또한 도쿄 재판의 피고인들이 부하들의 불법 행위를 자신들은 몰랐기 때문에 면책되어야 한다고 주장했으나, 그를 제지하거나 처벌하지 않은 것 역시 상관의 의무를 다하지 않았으므로 부작위범 이론에 따라 처벌 대상이라는 사실을 명확히 했다. 그리고 전쟁 범죄 공모의 범위에 대해서도 폭넓게 해석하여 전쟁에 관여한 자들은 모두 공모한 것으로 간주해 처벌이 가능하다고 보았다.

뉘른베르크 재판이나 도쿄 재판의 가장 큰 의의는 침략 전쟁이 범죄라는 사실을 전범 국가의 국민들이 알게 하여 이와 같은 전쟁이 재발하지 않도록 하는 데 있다. 하지만 도쿄 재판 과정에서 히로히토가 면책되고 B급과 C급 전범들도 확실하게 처벌받지 않고 끝나 버리는 바람에, 언론이 통제된 상태에서 정부에 세뇌당한 일본 국민들이 전쟁의 실상과 전쟁 범죄의 심각성을 정확히 인식하지 못한 채 넘어가게 되었다. 특히 반反인도주의 범죄 재판에서 일본군 위안부나 강제 징용 등의 혐의는 다루어지지도 않았다. 식민지였던 조선이나 대만의 애꿎은 국민들이 전장에 끌려가 죽고, 수없이 수탈당했지만 아직도 제대로 된 사과와 보상이 요원한 이유다.

이런 부분들이 도쿄 재판에서 충분히 논의되어 책임을 분명히 지도록 만들었어야 했는데 정치적 문제로 얼버무리면서 일본 국민들은 재판으로 전쟁에 대한 책임은 모두 끝났다 간주하고, 극우파는 그 전쟁이 자신들의 자위를 위한 것이라고까지 주장하게 되었다. 재판 시 동아시아 전쟁뿐 아니라 식민지 수탈에 대해서도 다루어 처벌했더라면 일본은 자신들의 잘못을 인식할 수 있었을 것이다. 그러나 그런 기회를 제대로 가져 보지도 못하고 중국의 공산화와 한국 전쟁에 가려져 수장되고 말았다.

일본의 전후 정치는 독일과 많이 비교된다. 뉘른베르크 재판을 통해 나치가 저지른 범죄가 얼마나 끔찍했는지, 독일의 온 국민은 뚜렷이 알게 되었다. 반면 일본의 경우 도쿄 재판이 흐지부지 끝나면서 그 전범들이 다시 자민당을 통해 집권하고 자신들의 범죄 사실을 감춘 채 오히려 피해자인 양 태도를 취하고 있다. 지금껏 우리나라와 일본 간 전후 역사 문제에 대한 갈등이 계속되는 배경에는 이렇듯 도쿄 재판의 정의롭지 못한 판결이 있었다. 분명하게 단죄하고 처벌했어야 할 전범 재판이 침략 전쟁 피해자들을 외면하면서 면죄부를 준 탓이다. 도쿄 재판의 부실한 진행과 그 부도덕한 책임자들에 대해 역사가 똑똑히 기록하고 바로잡을 날이 오리라 믿는다.

조선 시대 사람들은 어떤 것을 먹고 살았나?

『조선의 밥상』

김상보, 가람기획, 2023

지금 우리가 먹는 음식들을 옛날에도 먹었을까? 누구나 한 번쯤 궁금했을 것이다. 조선 시대 음식에 대한 기록은 삼국 시대나 고려 시대에 비해 잘 남아 있어 그 의문을 어느 정도 해소시켜 준다. 결론부터 말하자면 조선 시대 음식과 오늘날의 음식은 상당한 차이가 있다. 그렇다면 농업 국가였던 조선에서 과연 우리 조상들은 무엇을 먹고 살았을까? 양반과 상민이 먹던 음식은 또 얼마나 달랐을까? 이 책의 저자이자 한국 음식 문화를 평생 연구해 온 김상보 교수는 남겨진 기록들을 통해 이러한 궁금증에 흥미로운 답변을 내놓는다.

조선 시대에는 음식을 약으로 보는 문화가 있었다. 약선이 그것인데, 신체 균형에 문제가 생긴 상태를 넓은 의미의 병으로 보고 이 단계에서 평소 먹는 음식을 조절하여 흐트러진 기를 고르게 다스리고자 했다. 양념이라는 말도 약과 염에서 유래한 것이다. 이렇듯 음식을 상약으로 여기는 게 약선의 기본 개념이다. 체내에 부족한 부분을 다른 동물의 것으로 보충하던 이중보류라는 식문화도 이러한 관점에서 살펴볼 수 있다. 폐를 튼튼하게 하려면 소나 돼지의 허파를 먹고, 간을 튼튼하게 하려면 소나 돼지의 간을 먹고, 무릎을 튼튼하게 하려면 소의 도가니를 먹는 것 말이다. 이처럼 음식을 약으로 먹기 위해서는 음양조화, 오미상생, 오색상생, 소의소기, 이류보류 등의 원리를 이해해야 한다.

오늘날 보양식으로 많이들 찾는 추어탕은 경성의 관노들이 자주 먹었던 음식이다. 먹는 방식도 조금 달랐다. 추두부탕이라고, 뜨거운 물에 미꾸라지와 두부를 넣은 후 그 속을 파고든 미꾸라지를 두부와 함께 먹었다. 전골 요리도 지금과는 사뭇 차이가 있다. 전골이라는 말은 궁중의 전철에서 유래했는데, 당시 궁중에서는 전철 또는 전립투라고 불리는 냄비에 고기를 끓였다. 전철의 사면에 고기를 올려 구우면 가운데 우묵한 곳으로 육즙이 모이게 된다. 여기에 갖은 채소를 넣어 잠시 끓여 먹었던 음식이 바로 전골이다. 요즘은 육수에 채소를 먼저 익혀 먹다가 고기를 넣는데 옛날에는 거꾸로 고기를 구울 때 나온 육즙에 채소를 넣어 먹었던 것이다.

조선 시대 말까지 궁중에서 장어, 삼치, 쥐치는 먹지 않았다고 한다. 장어는 용의 상징인 뱀과 비슷해서, 삼치와 쥐치는 불길한 생선으로 여겨서 그랬다는 것이다. 쥐치는 쥐를 닮아 상서롭지 못하다고 생각한 걸까? 삼치는 맛이 없기 때문인 듯하다. 잉어도 나중에 용이 된다는 설이 있어 궁중에서는 식재료로 쓰지 않았다. 중국의 경우에도 당나라 때 잉어를 먹으면 곤장을 맞는 일이 있었다고 한다.

음식은 그 시대를 반영한다. 그렇기에 지금까지 이어져 온 우리 음식 문화의 유래와 배경을 알고 먹는다면 맛과 함께 더 풍부한 영감을 얻을 수도 있을 것이다. 인간은 살기 위해 먹는다지만, 문득 먹기 위해 사는 존재처럼 느껴지는 순간들이 있다. 인생의 최고 즐거움 중 하나가 먹는 일이라는 사실을 그 누구도 부정할 수는 없을 테니까.

다시 걸으면
보이는 것들

다시 걸으면 보이는 것들

변방이라는 단어 때문에 주류 문화와는 거리가 먼 미개 세력이라는
느낌이 강하지만, 새로운 변화의 힘은 언제나 주류의 바깥에서부터
밀어닥쳤다. 청나라는 거대한 제국이었지만 그 기원은 고작
30명밖에 안 되는 부대에서 비롯되었다. 어쩌면 이런 장면이
저자가 책을 통해 말하고 싶었던 변방의 진정한 의미인지도 모른다.
이제 변방은 더 이상 변방이 아니다.

'중국 변방 여행기로 읽는 역사와 인문' 중에서

동아시아 삼국의 근현대가 만들어진 과정

『동아시아를 발견하다』

쑹녠선, 역사비평사, 2020

중국 중심의 조공 체계가 무너지고 한국, 중국, 일본 세 나라가 동아시아의 주축이 된 것은 언제부터일까? 유럽에서 가톨릭 교회를 지지하는 국가들과 프로테스탄트 교회를 지지하는 국가들 사이에 치러진 30년간의 전쟁을 종결시킨 베스트팔렌 조약 이후 우리는 국민 국가라는 체계 속에서 살아가고 있다. 그리고 조공 체계로 움직이던 동아시아의 질서가 지금처럼 재편된 변화의 시초는 16세기 임진왜란이다.

혼란스러운 센고쿠 시대戰國時代를 통일한 도요토미 히데요시는 '명을 정복하러 가는 길을 빌려 달라'는 정명가도征明假道를 명분으로 조선을 침략했고, 조선은 명나라 군대의 힘을 빌려 가까스로 방위에 성공했다. 우리는 이순신 장군과 의병들의 활약으로 왜군을 물리쳤다고만 알고 있으나 명나라의 원군이 없었다면 이순신 장군의 선전에도 불구하고 나라를 지키기는 어려웠을지도 모른다. 이렇게 명나라로부터 '거의 망하게 된 나라를 구해 준 은혜'라는 재조지은再造之恩을 입어 겨우 국체를 회복하긴 했지만 얼마 지나지 않아 만주족이 두 차례에 걸쳐 침략했고, 결국 조선은 중국의 제후국으로 전락했다.

임진왜란이 동아시아 재편의 중요한 계기가 되었다는 것은 중국 중심의 조공 체계를 그 세력 범위 안에 있던 일본이 와해시켰음을 의미한다. 이미 일본은 중국 외에도 서양 세력인 포르투갈이나 스페인과 접촉하면서 중화 질서를 해체할 만한 역량을 가지고 있었고, 끝내 제국주의를 만들어 중국을 대체하는 중심 국가로 솟아난 것이다. 중화 질서란 성리학의 예법에 따라 중국을 중심으로 변방의 나라들이 복속하는 체제이다. 명, 청의 교체에 따라 만주족이 중화 질서를 파괴한 것으로 보는 시각도 있는데, 실제로 청나라는 만, 몽, 한의 세 세력이 합쳐진 체계이며 명나라와는 결이 다르다. 청나라는 지금의 EU처럼 여러 민족이나 국가들이 연합한 천하 국가로 보아야 한다.

조선은 진정한 중화의 나라임을 자처하며, 만주족이 세운 청나라의 중국을 화이변태華夷變態로 보고 얕잡았다. 그러다 청나라에 방문한 사신들이 그곳의 발전된 모습을 목격하면서 북학파가 생겨났다. 한편 일본은 외국에 개방적이었던 시대를 청산했다. 도쿠가와 막부는 포교에 관심이 없는 네덜란드만 나가사키에서 교역을 하도록 허락했다. 청나라는 해금 정책을 펼치기는 했으나 광저우를 중심으로 한 외국과의 무역은 그대로 유지했다.

이 책은 서구의 근대화와 산업화에 밀려 침략을 받게 된 원인이 동아시아 삼국의 폐쇄 정책에 있다는 기존의 관점을 비판한다. 조선, 중국, 일본 모두 저마다의 사정으로 외국과의 교류가 해가 되리라 판단하여 제한적인 폐쇄 정책을 펼쳤을 뿐이라는 것이다. 또한 아시아라는 개념도 19세기 서구의 오리엔탈리즘에 의해 일방적으로 지어진 것이지, 우리 스스로 동아시아에 위치한 국가라고 정의한 것이 아님을 강조한다. 자본주의와 제국주의가 만들어 낸 민족주의도 사실 조선이나 중국에 어울리는 개념은 아니었다. 동아시아의 어느 나라도 민족이라는 개념을 내세워 외교하거나 국체를 가진 적이 없었다. 동아시아에서 민족 국가라는 정의를 사용하게 된 것은 겨우 백 년 정도밖에 되지 않았으며, 철저히 서구의 관점에서 붙여진 명칭을 정치적으로 가져다 쓴 것일 뿐이다.

임진왜란 전에도 예수회 소속 사비에르가 일본에 천주교를 전파했고, 명나라의 경우 마테오 리치가 베이징에 거주하면서 서양 문화를 퍼뜨렸다. 마테오 리치는 유럽의 르네상스 문화와 더불어 과학, 기술, 문예, 종교 지식 등 새로운 세계관을 전하는 동시에 중국의 경전들을 유럽에 소개했다. 이에 중국 사상으로부터 영향을 받은 유럽의 지식인들이 계몽주의를 열기도 했다. 아시아라는 명칭이 처음 등장한 것도 마테오 리치가 번역하고 복제한 세계 지도인 곤여만국전도에서였으며, 이는 조선과 일본에까지 전해졌다. 비로소 동아시아 사람들은 자신들이 세상 어디쯤 위치하고 있는지 새로운 지리적 개념을 갖게 된 것이다. 중국과 조선이 세계의 끝자락에 있으며 서방에 많은 나라가 존재한다는 세계관은 동아시아가 천하의 전부라고 생각했던 당시의 지식인들에게 충격 그 자체였다.

이렇게 마테오 리치에게서 유래된 마테오 리치 규칙이라는 것이 있다. 이질적인 두 문화가 만났을 때 발생하는 긍정적 상호 작용인데, 간단히 말해 서로 적응하기 위한 시도와 노력을 의미한다. 청나라의 강희제는 1692년 용교령容敎令을 내려 기독교 신앙을 허가했다. 이는 중원 국가가 외부의 영향을 적극 받아들였다는 사실을 내포한다. 그러나 명과 청은 그들 스스로를 천하 국가로 여기면서, 외부 세력에 대해 작은 것은 받아 주되 큰 틀에서는 변함이 없던 전근대 국가였다. 저자는 그동안 서구에 의해 일방적으로 규정된 동아시아 문명의 틀을 깨고, 서구의 근현대 사상을 수혈받은 동아시아를 재평가

하고자 했다. 하지만 일부 사실만을 근거로 큰 역사적 흐름을 외면한 채 동아시아 국가들이 스스로 발전하여 지금에 이르렀다는 의견에 수긍하기란 쉽지 않다. 그럼에도 이 책은 결코 작지 않은 깨달음을 준다.

일본의 근대 사상에 영향을 미친 두 사람이 있는데, 조선인 강항과 중국의 주순수다. 강항은 임진왜란 때의 유학자로, 전라도에서 의병 활동 중 이순신을 만나러 가다 왜군에게 붙잡혔다. 일본으로 끌려간 그는 저명한 학자 후지와라 세이카에게 조선의 유학과 의례를 가르쳤고, 이후 후지와라의 도움으로 조선에 돌아올 수 있었다. 후지와라는 도쿠가와 이에야스의 유학 교수가 되어 에도 막부가 주희의 성리학을 정치 이념으로 확립하는 데 큰 역할을 했다. 이렇게 조선의 성리학은 도쿠가와 시대에 일본 사상의 주류가 되었고, 그 뒤로 메이지 유신 때 존왕양이尊王攘夷의 사상적 기반을 제공했다. 한편 명나라의 문신이었던 주순수는 베이징이 청에 의해 함락되자 반청 운동에 나섰다가 1659년 일본으로 건너가 에도에서 유학을 가르쳤다. 미토번의 번주인 도쿠가와 미쓰쿠니를 중심으로 한 미토학水戸學에 지대한 영향을 미친 인물로, 미토의 대성전을 건립할 때 성묘와 명륜당, 존경각 등을 설계하기도 했다.

일본은 1871년 중일 수호 조약을 맺으면서 청나라와 대등한 국가적 지위를 확보하고, 청나라가 주도하던 동아시아 질서에 도전하게 된다. 1874년 목단사 사건을 빌미로 대만을 침략했으며 1876년에는 조선과 강화도 조약을 체결하여 조선이 독립국이라는 명분을 내세워 청나라의 간섭을 차단했다. 1879년 오키나와를 합병하고 1894년 마침내 중일 전쟁에서도 승리한 뒤 시모노세키 조약 제1조에 "중국은 조선국의 완전무결한 독립 자주를 확인한다."라고 명시하여 중원 국가 중심으로 조공 체계를 유지해 왔던 천하 질서를 붕괴시켰다. 조선의 입장에서는 청나라의 제후국에서 타국의 힘으로 독립국이 되어 버린 셈이다. 이는 조공 체계가 단지 조약 체계로 변한 것뿐이라고도 할 수 있지만 수천 년간 이어진 동아시아 질서의 근본이 바뀐 것만은 부정할 수 없다. 이후 조선의 식민지화, 중국의 분열, 일본의 군국주의화를 거치며 우여곡절 끝에 공화국과 입헌 군주국 체제를 지금껏 각각 이어 온 것이다.

동남아시아와 동북아시아의 해상 교류를 중심으로

『해상 실크로드와 문명의 교류』
강희정 엮음, 사회평론아카데미, 2019

타클라마칸 사막을 통과하는 서역 루트와 초원을 통과하는 스텝 로드 외에 바다를 통하는 해상 실크 로드가 있다. 해상 실크 로드는 이집트, 로마, 아라비아반도, 인도를 지나 말레이반도, 인도차이나반도, 중국 남동해안, 그리고 한반도와 일본으로 이어지는 뱃길이다. 이 뱃길로 다양한 물건이 오갔는데, 대표적인 것이 향료와 도자기다. 해상 실크 로드는 비단보다는 무거운 것들을 교역하기 위해 개발되었기 때문이다. 재미있는 것은 이를 통해 항해술과 선박 기술도 함께 발전할 수 있었다는 점이다. 최근 인도네시아에서 발견된 난파선에서 중국의 고급 도자기들이 대거 인양되었는데, 그 배는 아랍의 다우선으로 무려 4만 점의 도자기를 싣고 있었다.

해상 실크 로드는 기원전부터 존재했으리라 생각되지만 활성화되기 시작한 것은 8세기 이후 이슬람 상인들이 해상 활동에 적극적으로 나서면서부터다. 그러다 15세기 명나라 환관이던 정화의 일곱 차례에 걸친 원정을 통해 그 길이 대부분 완성되었다. 15세기 후반에는 서부 유럽이 주도한 대항해 시대가 열리면서 포르투갈, 네덜란드, 영국 등이 이 루트에 진입했다. 이때부터 전 세계를 잇는 서구 중심의 항로가 개척되면서 해상 실크 로드는 그 노선의 일부로 취급받았다. 고대의 바닷길이라고 해서 당시 사람들이 원시적인 선박으로만 건너다녔던 것은 아니다. 상당한 인원이 대규모 선단을 동원하여 조직적으로 바다를 통해 빈번히 교류했다는 사실은 그동안 인양된 해저 보물선이나 유물을 통해 얼마든지 확인 가능하다.

서역과의 교류는 원래 초원길과 사막길을 통해 이루어졌다. 그러다 안사의 난을 전후로 토번이 서역을 점령하자 중국은 바다를 이용하여 교역을 지속하게 되었다. 몽고가 다시 실크 로드를 열 때까지는 바닷길에 의존할 수밖에 없었던 것이다. 8세기부터 12세기까지 해상 실크 로드에 속해 있던 나라들은 급속한 발전을 이룰 수 있었다. 중국의 경우 처음에는 조공의 형식으로 무역을 진행했는데, 서로 부족한 물자를 주고받으면서 많은 이문이 남게 되자 자연스레 교역이 활성화되었다. 특히 송대에는 아랍의 배들이 광저우와 취안저우 등 중국 남부의 항구에 자주 드나들었고, 이로 인해 그 일대는 엄청난 번영을 누렸다.

대항해 시대 가장 활발했던 교역지로는 믈라카를 꼽을 수 있다. 이곳은 명나라 정화의 원정에 힘입어 활성화된 항구 도시로 중국의 비단, 도자기, 향신료를 아랍과 서방에 공급하고 서방의 은과 향신료, 인도의 면직물을 중국과 동남아시아로 들여오는 중요한 창구였다. 처음에는 포르투갈에 점령되었다가 이를 이어받은 네덜란드가 자카르타를 키우기 시작하면서 믈라카는 차츰 쇠퇴하게 되었고, 결국 영국의 수중에 넘어갔다. 이곳에 남았던 중국 상인들은 현지 여인들과 결혼하여 가정을 꾸렸는데, 이들의 자손을 페라나칸이라고 부른다. 오늘날 화교의 원조라고 할 수 있는 페라나칸은 자신들만의 새로운 문화를 만들어 내기도 했다. 중국과 일본, 말레이를 합친 퓨전 음식이 그 예이다.

해상 실크 로드와 관련하여 이 책에서 다루는 중요한 쟁점 중 하나는 우리가 오직 중국을 통해서만 교역을 했는지, 아니면 동남아시아와 직접 교역도 했는지의 여부이다. 지금껏 우리는 페르시아와 인도 등지의 물건이 동남아시아를 통해 중국의 주요 항구였던 광저우, 취안저우, 양저우 등을 거쳐 한반도로 들어오고, 다시 일본으로 전해졌다고 생각했다. 그러나 여러 묘지와 신안, 태안 마도의 난파선에서 출토된 유물들을 보면 오로지 중국을 통해서만 서역의 물건을 받았다고 믿기는 어렵다. 권오영 서울대학교 교수는 선조들의 부장품에서 나온 유리들이 동남아시아에서 왔음을 입증했다. 납-바륨계 유리, 포타쉬 계통의 유리, 소다 유리 등은 동남아시아에서 만들어졌는데 동시대 우리의 부장품에서도 다수 발견된다는 것은 동남아시아와 한반도의 직접 교류가 있었음을 의미한다.

또 해상 실크 로드를 통해 인도의 불교 물품이 중국을 거치지 않고 우리나라로 직접 들어왔다는 견해도 있다. 특히 불교 예식에 쓰이는 향은 원산지인 베트남과 캄보디아에서 모두 수입했는데, 이는 우리나라뿐 아니라 일본의 유적에서도 흔히 보인다. 일본 천황이 도다이지에 헌납한 보물 창고인 쇼소인에 있는 것들을 분석했더니 모두 동남아시아산 향목이었다. 향과 향목은 불교 초기까지만 하더라도 왕족이나 소수 귀족층만 사용하던 값비싼 물건이었다. 따라서 향의 유입과 수요의 증대는 불교 문화의 대중화, 의례의 증가와도 관련지어 볼 수 있다.

이렇듯 이 책은 해상 실크 로드가 이미 오래전부터 가동되어 한반도 문화에도 지대한 영향을 미쳤다는 사실을 다양한 역사적 자료를 통해 역설하고 있다. 특히 우리가 중국을 통해서만 서역의 문물을 접하지 않고 때론 직접 교역도 했으리라는 가능성을 열어 더욱 의미가 있다.

동남아시아의 주력이 된 화교의 역사

『화교 이야기』

김종호, 너머북스, 2021

한창 중국에 관심을 가지고 다니던 때에는 중국만 보였다. 그래서인지 동남아시아 쪽으로는 별다른 인연이 없었는데, 코로나19가 확산되면서 중국이 닫히는 바람에 찾게 되었다. 관광을 목적으로 간 적은 있지만 역사 여행을 하러 동남아시아로 향한 것은 이번이 처음이었다. 여행을 떠나기 전 서재에서 『화교 이야기』를 다시 꺼내 읽었다. 이 책을 통해 화교 역사를 이해할 수 있어 다행이란 생각이 든다.

동남아시아 일대는 이전부터 강력한 해상 네트워크를 통해 서로 이어져 있었다. 반면 중국은 역사적으로 바다 쪽에 큰 관심을 기울이지 않았다. 따라서 해상로는 동남아시아 정도까지만 확보하고 서쪽으로는 이슬람과 페르시아 상인들에게 의존하곤 했다. 명나라의 정화가 대항해를 시작했을 무렵 이미 많은 중국인들이 동남아시아로 이주한 상태였지만 지금의 화교처럼 토착화된 세력은 없었다. 명나라와 청나라는 해금 정책을 펼쳐 바다를 통한 자국민의 해외 진출을 막고자 했으나 역사적 혼란기에 살아남아야 했던 민초들은 해외에서 그 활로를 찾을 수밖에 없었다. 그중 푸젠성과 광둥성 사람들이 바닷길을 이용하여 동남아시아로 진출하기에 유리했는데, 유럽 국가들의 세력도 그쪽까지 미치면서부터는 더 많은 이주민이 앞다투어 건너갔다. 믈라카가 대표적인 예이다. 15세기 동남아 물류 네트워크의 중심지였던 믈라카는 포르투갈과 네덜란드 등이 침입함에 따라 서구 세력의 중심지로 바뀌었다. 또 명나라의 정화가 방문한 이후 통상의 요지로 자리 잡으면서 중국인들의 이주가 활발해진 것이다. 이렇듯 화교가 18세기 이전에 동남아시아로 진출하기는 했으나 당시로서는 장사를 목적으로 한 일시적 진출에 불과했다.

중국인의 동남아시아 이주가 본격적으로 시작된 것은 19세기 후반부터 20세기 초반이다. 처음에 이들은 영국이나 네덜란드의 제국주의 정책에 따라 동남아시아에서 생산된 물품을 수집하고 유통하는 데 치중했다. 그러다 인력을 대거 고용하여 대량 생산된 농산품을 본토에 판매하는 식으로 확대해 나갔다. 이러한 변화가 지속되자 점점 더 많은 인력이 필요해졌다. 식민지 정부는 주로 중국에서 노동력을 제공받았는데, 그 노동자들 대부분이 민난어를 쓰는 푸젠성 사람들이었다. 바로 이들이 말레이시아, 싱가포르, 인도네시아 화교의 주류로 뿌리내린 것이다.

일찍이 동남아시아로 이주한 중국인들은 식민지 정부에 적극 협조해 많은 이권을 얻거나 농장 대리인으로 노동력을 착취하며 부를 쌓았다. 동남아시아 각지의 주요 부동산과 농장들이 화교의 차지가 된 것은 이때부터다. 보다 결정적인 계기는 아무래도 일본의 동남아시아 침공 이후에 존재했는데, 식민지 정부가 축출되고 일본이 패망하자 대부분의 정치 경제적 이권을 화교 세력이 움켜쥐게 되었다. 인도네시아에서 반反화교 감정이 극심해진 이유도 네덜란드 식민지 정부가 화교와 원주민 간 분리 지배 정책을 통해 원주민의 권리를 화교가 쉽게 가져가는 것에 대하여 묵인했기 때문이다.

이번 동남아시아 역사 여행에서 묵었던 싱가포르의 숙소 이름은 '빌리지 호텔 부기스'였다. 부기스는 대표적인 말레이계 해상 민족인 부기족을 가리킨다. 이 호텔이 말레이계 구역에 위치하고 있어 그런 이름이 붙은 것이다. 여기서 말레이계 구역이란 무엇일까? 이는 영국의 스탬포드 래플스가 싱가포르라는 도시를 계획할 때 각 종족을 구분하여 따로 거주하도록 설계했던 것과 관련이 있다. 즉 화교는 중국인 거주지에, 인도에서 온 사람들은 끌링과 출리아에 살게 하고, 유럽인이나 아랍인의 구역도 모두 분리시킨 것이다. 우리가 머문 호텔 바로 옆은 아랍인 거주지로, 모스크가 유난히 많았다.

싱가포르 독립에 관하여 그동안 내가 오해한 부분이 있었다. 1965년 싱가포르가 말레이 연방에서 축출된 것은 리콴유가 중국계였기 때문이라고 생각했는데, 이 책을 보니 리콴유는 중화주의자가 아니었다. 오히려 다민족이 연합하여 살아가야 한다고 주장하는 코즈모폴리터니즘적 인물이었다. 그는 화교뿐 아니라 인도, 말레이 등 다민족을 아우르는 나라를 만들고 싶어 했다. 중국인을 중심으로 한 화난대학교를 없애고 국립싱가포르대학교에 흡수시킨 것은 그 일환이었다. 결과적으로 싱가포르는 화교가 80퍼센트에 육박함에도 화교 중심 정책을 과감히 포기하고 다민족이 더불어 번영하는 길을 찾아 동남아 최고의 도시 국가로 발돋움했다.

이 책은 인도네시아 화교에 대해서도 이야기한다. 네덜란드와 영국의 식민지 지배 방식은 확연히 달랐다. 영국이 자유 방임 정책을 취한 반면 네덜란드는 초기부터 식민지의 자원과 인력을 착취하는 정책을 펼쳤다. 지배 계층의 수가 부족했던 네덜란드는 원주민을 대신 관리해 줄 세력을 필요로 했는데, 화교들이 그에 딱 부합했다. 이러한 식민지 분리 정책에 의해 원주민들은 돈이 되는 일자리에서 배제되며 철저한 노동자 계층으로 전락했다. 더구나 원주민의 경우 이슬람교도가 대부분이라 부녀자들이 일을 하지 않았지만 화교들은 남녀 구분 없이 일을 했으니, 빈부 격차가 갈수록 벌어질 수밖에 없었다.

인도네시아가 말레이시아나 싱가포르에 비해 화교의 비중이 낮은 이유도 이 책을 통해 알 수 있다. 네덜란드 세력이 떠난 인도네시아를 일본이 잠시 점령하는 동안 인도네시아 원주민들이 독립을 요구했는데, 독립 초기 극심한 반反화교 정서로 인해 많은 화교들이 본토로 되돌아가게 된 것이다. 그럼에도 불구하고 인도네시아 상류층에는 화교 세력이 여전하다. 재미있는 건, 중국 푸젠성의 발리 출신 화교들은 본토로 돌아가서도 발리에서의 생활 풍습을 그대로 유지하며 산다는 점이다. 대부분 힌두교를 믿으며 네덜란드에 대한 저항 운동이 심했던 발리는 인도네시아 내에서도 좀 특별한 지역이었다. 그런데도 귀환한 화교들이 여전히 그곳 현지인처럼 산다니, 습관이란 게 참 무섭다는 생각이 든다.

1960년대까지만 해도 천만 명 정도였던 화교는 이제 5천만 명에 이른다. 신新화교의 등장 때문인데, 중국의 경제 발전과 인구 증가로 인해 해외로 이주하는 화교들이 늘어난 것이다. 지금은 미국이나 캐나다, 호주로의 이주가 많다고 하며 한국이나 일본의 화교들은 세력이 미미한 편이다. 그중 말레이시아와 싱가포르는 진정한 화교의 나라라고 할 수 있다. 태국도 식민지 경험이 없어서인지 화교에 대한 반감이 약한 축에 속한다. 인도네시아의 경우 아직도 화교계가 경제와 정치를 잡고 있으나 반反화교 정서와 그로 인한 폭동의 가능성이 상존하는 상태다. 이처럼 동아시아를 이해하기 위해서는 먼저 화교의 역사에 대해 공부할 필요가 있다. 이 책은 그런 면에서 아주 유용하다.

중국 변방 여행기로 읽는 역사와 인문

『**변방의 인문학**』

윤태옥, 시대의창, 2021

이 책은 중국 변방에서 여행 전문가의 눈으로 톺아본 역사와 인문에 대해 이야기한다. 저자의 관심사는 매우 다양한 분야를 넘나드는 것으로 정평이 났는데 음식, 건축, 역사에서부터 공산당, 소수 민족에 이르기까지 중국과 관련된 모든 것에 깊은 관심을 가지고 철저히 파고들기를 즐긴다. 그저 책으로 공부하는 데 그치지 않고 직접 오랜 기간 중국 전역을 속속들이 돌아다닌 그는 몸소 겪으며 확인해야 직성이 풀리는 사람이다.

저자 윤태옥 작가는 벌써 여러 차례 중국은 물론 국내외 역사 탐방을 나와 함께한 도반이다. 실제로 책의 몇몇 부분은 나도 동행하여 경험한 내용인데, 정작 하이라이트라 할 수 있는 신장 지역 여행을 같이하지 못한 것이 못내 아쉽다. 그의 해박한 지식을 통해 현장을 느끼는 경험은 무척 특별하기 때문이다. 책에는 저자가 직접 찍고 모은 사진과 그림들이 자주 등장하는데, 역시 신장 지역과 관련된 것에 가장 눈길이 간다. 어디를 가더라도 자연 그대로의 땅, 마치 다른 별에 온 듯한 신비로운 지역이 바로 신장이다. 저자는 평소 실크 로드라는 명칭을 탐탁지 않게 여기는데, 이는 신장이 비단 교역 이전부터 중국과 이슬람 유목민들 간의 소통이 이루어지던 곳이라는 점과 관련이 있다. 정치적으로 예민한 지역이지만 역사적 측면에서 많은 문물이 동아시아로 들어온 중요한 관문이기도 했던 것이다.

중국은 거대한 제국이었지만 변방의 민족들이 부흥하여 제국을 점령한 경우가 많았다. 명나라와 송나라를 제외하고는 대륙을 통일한 세력은 대개 변방의 민족들이었다. 그런 점에서 나 역시 소수 민족이라는 한족 중심의 표현에 동의하지 않는다. 중국을 정복했던 변방의 민족들은 대부분 한족 입장에서 보면 북쪽으로부터 내려왔다. 흉노족이나 탁발 선비족, 거란족과 여진족, 후금 세력까지 그들은 타이항산과 만리장성을 넘어 베이징을 점령하고 새로운 왕조를 열었다. 변방이라는 단어 때문에 주류 문화와는 거리가 먼 미개 세력이라는 느낌이 강하지만, 새로운 변화의 힘은 언제나 주류의 바깥에서부터 밀어닥쳤다. 특히 선비족은 호한 융합이라고 하여 북쪽의 유목 세력과 남쪽의 정착 세력을 뒤섞어 새로운 중국 문화를 만들었다.

이 책에서 소개하는 여행 중 가장 끌렸던 것은 만주족의 기원을 찾는 일정이었다. 하얼빈에서부터 누르하치와 홍타이지가 여진족을 통일하고 산하이관을 넘어 베이징에 이르는 그 역사적 여정을 나도 직접 따라가 보고 싶다. 청나라는 거대한 제국이었지만 그 기원은 고작 30명밖에 안 되는 부대에서 비롯되었다. 어쩌면 이런 장면이 저자가 책을 통해 말하고 싶었던 변방의 진정한 의미인지도 모른다. 이제 변방은 더 이상 변방이 아니다.

중국이 해양 진출을 망설인 이유

『대운하 시대』

조영헌, 민음사, 2021

서양이 15세기 후추를 찾아 인도로 가는 길을 개척하면서부터 시작된 대항해 시대는 그들의 우세한 선박 기술과 힘에 의해 이루어진 것으로 알려져 있다. 그렇다면 중국을 포함한 동아시아는 왜 이런 흐름에 참여하지 못하고 훗날 군사 혁명을 거친 서양 국가들로부터 침탈당하는 신세가 되었을까? 다양한 견해가 존재할 수 있지만, 이 책은 중국이 바다로 나가기를 주저하고 해금 정책을 펼치면서 결과적으로 서양보다 뒤처지게 된 이유를 새로운 시각에서 접근한다.

명나라 때인 1405년 정화는 2만 8천 명으로 선단을 꾸려 아프리카까지 가는 대모험을 감행했다. 당시 정화를 포함한 환관들은 명나라에 조공을 바칠 나라들을 개척하기 위해 거침없이 세계로 나아갔다. 정화처럼 선박을 이용해 동남아시아, 인도, 아라비아, 아프리카로 건너간 환관도 있고, 오늘날의 티베트인 토번국이 있는 서쪽으로 간 환관과 북쪽으로 간 환관도 있었다. 이렇게 다양한 방면으로 환관들을 보내어 명나라에 조공을 바치는 나라가 무려 500곳이 넘었다고 한다.

그러나 명나라가 해외 개척을 위해 바닷길로 나아가던 것은 정화가 시도한 7번의 항해로 끝이 났다. 당시 명나라는 '북로남왜'라 하여 북쪽에는 몽고, 남쪽에는 왜구 때문에 국력을 분산시킬 수밖에 없었다. 특히 몽고가 자신의 옛 지역으로 돌아가 세운 북원은 명나라가 가장 경계해야 할 적국이었다. 명나라 시대에 만리장성을 새로이 증축하고 각 도시마다 성을 쌓은 것도 순전히 몽고족의 재침략을 막기 위함이었다. 그러다 보니 남쪽 해안은 가급적 외부에서 사람이 들어오지 못하도록 차단하는 편이 명나라로서는 관리하기 용이했으리라는 게 기존의 견해였다. 하지만 이 책은 중국이 바다로 나가는 것을 주저하게 된 진짜 원인이 대운하의 완성에 있다고 설명한다.

대운하는 수양제 때부터 사용해 오던 것으로 아주 오래된 시설이지만, 항저우에서 베이징까지 완전히 연결된 것은 1415년 영락제 때였다. 언젠가 항저우 여행에서 대운하 박물관에 갔다가 그 옆으로 펼쳐진 대운하를 목격하고 놀란 기억이 있다. 웬만한 강보다도 훨씬 넓어 보였는데 그 사이로 배들이 오가고 있었다. 지금이야 차와 철도로 신속하게 운송할 수 있지만 백여 년 전만 하더라도 바다나 강을 통하는 것이 가장 일반적이었다. 말이나 수레를 이용해 육로로 짐을 싣고 가는 것보다 선박으로 움직일 때의 효율이 백 배에 이르렀기 때문이다.

대운하의 완성으로 중국 강남에서 재배된 쌀이나 곡식, 각종 물품을 수도인 베이징까지 신속히 운송할 수 있게 되었다. 운하는 항저우와 베이징만 잇는 것이 아니라 중간에 황허강을 통해 시안까지 연결한다. 명청 시대에 항구를 하나만 열어 유일하게 대외적인 통상 창구 역할을 한 곳이 광저우인데, 이곳도 운하와 쉽게 연결될 수 있는 구조였다. 당시 강희제 때를 제외하고는 오직 광저우를 통해서만 외국의 조공을 받았다. 마카오가 광저우 옆에 설치된 것도 그러한 이유 때문이다. 명나라와 청나라는 광저우까지만 외국인이 들어오도록 허용하고, 그 이상 올라오는 배들에 대해서는 엄격히 금지했다. 닝보나 쌍서만 와도 바로 항저우와 연결되어 운하를 통해 베이징까지 들어올 수 있었기에 명청 시대에는 바다로 대외적인 무역이 직접 연결되는 것을 피했다.

운하의 발달은 운하 주변의 경제 개발에 지대한 영향을 미쳤다. 특히 양저우는 소금 전매가 이루어지던 중요한 장소였다. 처음 이곳을 지배한 세력은 산시성 상인들이었지만 나중에는 후이저우 상인들이 주름잡았다. 그들이 소금 전매를 통해 벌어들이는 이익은 어마어마했다. 후이저우 상인들은 청나라 황제들이 운하를 통해 남쪽 지방을 순회할 때면 막대한 돈을 들여 행궁을 짓거나 마조를 기리는 사당을 지었다. 또한 공연을 하는 사람들을 직접 고용하여 연극이 활성화되도록 했다.

바다를 통한 접근이 가능했던 해양 세력이 점차 활발해짐에 따라 광둥이나 푸젠성 사람들은 바다 건너에서 기회를 찾고자 빈번히 이동하기 시작했고, 특히 동남아시아로 많이 이주했다. 푸젠성은 내륙 쪽이 산으로 막혀 있어 중국 내 다른 지역으로 가려면 바다를 이용할 수밖에 없었기 때문이다. 동남아 화교가 대부분 푸젠성 출신인 것은 이런 환경적 요인에 기인한 것이다.

청나라 때까지 북방 민족의 침략이나 반란을 막을 목적으로 대단위 군사가 북쪽과 서쪽으로 진출해 있었다. 특히 중가르를 정복하고 신장을 만든 세력들이 해안으로 발령받아 내려와서 근무했다. 북쪽 민족과 해양 세력을 대하는 정책이 동일한 이유다. 이후 아편 전쟁에 이르는 과정에서 관련된 인물들 내력을 보면 북쪽에서 군대를 지휘했던 사람들이 대부분인 것도 역시 같은 이유다.

중국은 대운하라는 시설을 통해 안전한 조운을 운영했지만, 사실 해안을 이용하는 것이 효율은 더 좋았다. 오로지 안전한 운하 사용만을 강조하다 보니 바다는 점점 피하고 금지해야 할 대상이 되어 버린 것이다. 대운하 시대가 열리면서 대항해 시대의 기회를 잃은 셈이다. 중국이 해양 대국이었던 적은 역사상 단 한 번도 없었다. 하지만 그것이 바다로 나아가지 못하고 주저한 이유일 수는 없다. 단지 바다의 효용 가치에 대한 인식이 부족했을 뿐이다. 가만히 있어도 많은 나라가 앞다투어 조공을 바치는 세계의 중심국인데, 굳이 바다를 통해 아메리카나 아프리카까지 찾아갈 필요가 없었던 것이다. 형편이 어려운 국가에 속했던 영국이 대항해 시대의 기운을 받아 세계로 나아가 제국을 만든 것도, 실은 그들이 그 테두리 안에서는 부유하게 살 방도가 달리 없었기 때문이다.

　이렇듯 중국은 기본적으로 바다에 큰 관심이 없었다. 대륙을 통해 유럽까지 갈 수 있는 여건이 충분했기에 육지를 통한 정책을 더 중요시했다. 역사에 필연은 없다지만 각 나라의 환경이 그 나라 사람들의 의식을 지배하고, 살아남기 위한 노력의 결과로 현재의 모습이 형성되었다는 사실만큼은 필연이 분명하다.

15세기 세계 변화에
동아시아 각국은 왜 다르게 대처했는가

『**조총과 장부**』

리보중, 글항아리, 2018

유럽이 동남아시아를 통해 동아시아까지 진출하면서 시작된 대항해 시대는 지구 전체를 생활권으로 하는 새로운 시대를 열었다. 지금까지 우리는 서구가 발전된 기술과 무기를 이용해 일방적으로 동양을 침략했고, 동양은 속수무책 당하기만 한 것으로 알고 있다. 이 책의 저자는 중국인 리보중이다. 서양인이 아닌 동양인의 시각에서 서양의 문명 침투 과정을 짚어 보는 것은 나름 의미 있는 일일 것이다.

네덜란드 동인도 회사를 대표하는 선전 구호가 '왼손에는 장부, 오른손에는 칼'이었다고 한다. 서양인들이 동양에 진출하면서 앞세운 건 무역을 하는 상인과 이들을 보호하는 군인이었다는 뜻이다. 이 책『조총과 장부』의 제목은 바로 여기서 따온 말이다. 책을 읽으며 알게 된 사실인데, 화약 혁명과 군사 혁명을 따로 구분한다는 것이다. 화약 혁명이란 송나라 때 발명된 화약이 몽고군에 의해 서아시아로 전파되고, 다시 아랍인들을 통해 서유럽까지 전해진 것을 말한다. 이 혁명으로 다양한 총포가 개발되기 시작했다. 서유럽은 소총과 대포를 만드는 데 성공했고, 그 기술이 다시 아시아로 넘어왔다. 이렇듯 화기 기술이 계속 발전하면서 새로운 무기들이 등장했다. 그리고 무기를 운용할 군대 편제와 전략 전술, 후방 보급 등의 군사 제도도 빠르게 변화했는데 이것이 군사 혁명이다.

15세기까지만 해도 중국의 발전 속도는 유럽과 엇비슷했다. 그러나 군사 혁명이 청나라 말에 가서야 이루어져 결국 서방에 밀리고 말았다. 대영 백과사전을 보면 화약 혁명이 1300~1650년에 이루어진 것으로 되어 있다. 군사 혁명은 군대 편제의 변화 등을 고려할 때 16~17세기 서유럽에서 먼저 진행되었다. 포르투갈이 만든 불랑기나 네덜란드의 홍이포가 일찍부터 중국에 전해졌지만 그것을 운용할 군대 조직과 개발 체계는 변하지 않고 그대로였기에, 전력 면에서 중국이 서유럽에 밀렸다는 게 저자의 주장이다.

영국은 청나라에 통상을 요구했다가 삼궤구고두三跪九叩頭를 거부했다는 이유로 퇴짜를 맞았다. 삼궤구고두란 황제를 알현할 때 무릎을 꿇고 양손을 땅에 댄 다음 머리를 바닥에 세 번 찧는 것을 세 번씩 되풀이하는 경례법이다. 한편 네덜란드와 포르투갈은 청나라에 조공을 바치기로 하고 무역을 개시할 수 있었다. 중국을 위시한 동아시아의 질서인 조공을 서양의 두 나라가 받아들인 것이다. 네덜란드는 17세기 유럽 무역의 절반가량을 차지한 최고 강대국이었는데도 실리를 위해 개의치 않고 그런 자세를 보였다는 게 놀랍다.

우리나라의 경우 최무선 장군이 처음 화약을 사용하여 왜구를 무찔렀다. 한데 그 배경에는 최무선 장군의 상관이었던 원나라 출신 장수, 나세가 있었다. 고려에 귀화한 나세는 화기의 중요성을 강조하면서 중국으로부터 기술자를 불러와 염초를 끓여 화약 만드는 방법을 전수받은 인물이다. 원나라는 일본 정벌을 시도하진 않았지만 또 다른 섬나라인 인도네시아를 무력으로 1년간 점령했는데, 이때 중국의 화약 기술이 동남아시아에 전해졌다.

이슬람에는 세 제국의 시대가 있는데 튀르키예의 오스만 제국, 이란의 사파비 제국, 인도의 무굴 제국이 그것이며 모두 서유럽으로부터 들여온 화기 기술을 앞세워 세력을 확장했다. 동남아시아는 일찍이 이슬람의 영향을 받아 이 제국들에서 화기 기술을 도입할 수 있었다. 서유럽에서 화기를 구매하거나 장인을 초빙해 용병들로 하여금 화기 부대를 구성하도록 했던 것이다. 무기 면에서는 우리보다 앞선 셈이다.

이슬람교는 중세 시대에 세계적으로 가장 큰 영향력을 지닌 종교였다. 인도에 이슬람교 세력이 들어오면서 불교 사원은 소실되고 그 학자들은 대부분 티베트로 망명했다. 결국 정작 인도에서는 불교가 거의 사라졌으며 티베트가 불교의 새로운 중심지가 되었다. 이슬람교의 2차 확산은 15~17세기에 이루어졌다. 이슬람에 귀의한 돌궐인들이 중앙아시아, 남아시아, 동남아시아에 적극적으로 이슬람교를 전파하면서 이슬람 세력이 동쪽으로 진출하는 건 당연한 일처럼 보였다. 그러나 티베트에서 흥한 장전 불교를 몽골의 칸인 알탄간이 받아들이면서 티베트를 비롯한 토번 지역 일대로 불교 문화가 확산되었다. 토번이 무력으로 이슬람 세력의 동진을 방어했기 때문에, 중국 대륙이 그로부터 지켜질 수 있었다.

남인도의 타밀과 스리랑카는 불교와 힌두교를 유지했으며 태국과 캄보디아, 라오스 역시 불교를 믿었다. 이러한 불교 문화권이 형성되면서 중국 남쪽으로부터 밀고 들어오는 이슬람 세력을 막아 냈다. 몽골, 신장 북부, 칭장고원까지의 지역과 남쪽 지역 국가들은 불교 장성을 쌓기도 했는데, 저자는 이 장성의 의미를 매우 중요하게 보았다.

1500년대 중국의 인구는 1억 3,000만 명, 일본은 1,540만 명, 조선은 800만 명이었다고 한다. 동시대 유럽 강국이었던 스페인 인구는 500만 명, 영국은 250만 명에 불과했다. 러시아는 1,100만 명이었다. 그렇다면 우리나라도 인구로만 보았을 때 결코 작은 나라가 아니었던 셈이다. 일본 역시 중국과 무굴 제국을 제외하면 인구가 많은 편이었다. 명나라를 삼키고 인도까지 가겠다고 했던 도요토미 히데요시의 호언은 농담이 아니었던 것이다. 당시 일본은 전 세계의 3분의 1에 달하는 은을 공급한 금융 강국이었다. 뿐만 아니라 조총을 제작하고 사용하는 기술도 뛰어났으며 전쟁 경험자도 20만 명이 넘었다. 이러한 일본의 침략을 무찌른 것이 바로 이순신 장군이다. 그때 우리 지도자들이 조금만 더 슬기롭고 바깥 정세에 밝았다면 세계 판도가 지금과는 많이 달라졌을지도 모를 일이다.

역사의 빈틈을 메꾸다

『**중일전쟁**』

래너 미터, 글항아리, 2020

이 책을 읽다 보면 우리 역사 교육의 문제점이 눈에 들어온다. 그동안 우리는 역사를 종합적으로 파악하기보다는 연대나 인물, 혹은 사건을 중심으로 공부해 왔다. 전체적인 맥락은 도외시한 채 그 결과만을 기계적으로 암기하는 데 급급했던 것이다. 이러한 과정에서 생긴 역사 인식의 빈틈은 편견을 내면화하거나 아전인수식 시각을 굳히기 쉽다. 이 두꺼운 책에 좋은 평점을 남기고 싶은 이유는 나 역시 가지고 있는 그 빈틈을 조금은 메꿔 주었다는 생각 때문이다.

20세기 동아시아의 역사는 크게 일본의 패권 추구와 몰락, 중국의 권력 이동, 한반도 분단으로 나눌 수 있다. 1945년 일본의 패망은 강국 일본을 곤궁에 빠트렸고, 1949년 장제스의 몰락과 함께 마오쩌둥은 중국 대륙을 붉은 공산 혁명으로 물들였다. 1945년 해방과 동시에 남북으로 분단된 한반도는 1950년 전쟁 이후 두 개의 나라로 갈라져 지금껏 통일되지 못한 상태로 남아 있다. 이와 같은 20세기 중반까지의 변화 중 상당 부분이 1937년부터 1945년 사이에 벌어진 중일 전쟁을 근간으로 한다면 이해가 되는가?

제2차 세계 대전의 발발이 공식적으로는 1939년 히틀러의 폴란드 침공부터라고 하지만, 1937년 동아시아에서 이미 일본과 중국은 전쟁을 하고 있었다. 엄밀히 말하면 제2차 세계 대전은 1937년부터 시작되었다는 것이다. 다만 그해 개시된 중일 전쟁은 애초 중국과 일본만의 싸움이었다가 1943년 이후 미국과 영국이 개입했다는 점에서 차이가 있을 뿐이다.

　장제스는 충칭에서 거듭된 일본의 공격을 버텨 내며 일본이 태평양 전쟁에만 온전히 집중할 수 없도록 만들었다. 사실 중일 전쟁은 어느 선에서 금방 끝날 수도 있었다. 하지만 장제스가 끝까지 일본과의 타협을 거부하면서 일본은 중국 대륙 전역으로 전쟁을 확대시킬 수밖에 없었던 것이다. 당시 일본도 내심 부담이 컸으며, 만주국과 화베이 지역 정도의 안정적 지배만을 염두에 둔 상황이었다. 이러한 시기에 왕자오밍이 일본과의 항전을 고집하는 장제스를 배반하고 일본의 괴뢰 정부나 다름없는 난징 정부 대표를 천명하고 나서면서 대륙 내부는 장제스, 왕자오밍, 마오쩌둥 세 사람의 각축장으로 변모했다. 중일 전쟁의 틈바구니에서 힘을 비축한 마오쩌둥이 혁명을 성공시킨 것에 있어서도 일본 관동군의 존재가 의도하지 않게 도움이 된 셈이다.

　이 책은 장제스 국민당 정부가 부패하고 무능했다는 세간의 편견에 다른 시각을 제기하기도 한다. 저자는 중국을 자유 민주 국가로 세우고자 했던 장제스의 노력과 굳건했던 항일 의지를 높이 평가하며, 카이로 회담에서 그가 루스벨트, 처칠과 어깨를 나란히 하고 제2차 세계 대전 이후의 동아시아 재편 논의에 참여했다는 사실을 거론한다. 물론 의사 결정의 대부분은 루스벨트와 스탈린 두 사람이 주도했다. 그러나 조선을 일본으로부터 독립시켜야 한다는 주장을 카이로 회담에서 장제스가 처음 했고, 이것이 결과적으로 미국과 소련의 두 정상에게 영향을 미쳤다는 점은 인정해 주어야 한다는 것이다. 다만 이로 인해 우리 민족이 분단에 이르게 된 현실이 뼈아프게 안타까울 뿐이다.

중일 전쟁이 한창이던 1938년 허난성 황허강 둑을 폭파하여 수십만 명이 목숨을 잃게 된 사건과 1942년 허난성 대기근은 명백히 국민당의 책임이다. 1937년 일본군에 의해 30만 명이 죽은 난징 대학살에 분노하면서도, 그 이상의 사망자를 낳은 황허강 둑 폭파 사건이나 대기근에 대해서는 국민당을 비판하는 사람이 그리 많지 않다. 오랜 전쟁으로 70만 명 이상의 중국 국민당군이 죽었으며 일본군도 수십만 명의 젊은이가 희생되었다. 그 혼란을 틈타 세를 키운 마오쩌둥은 결국 장제스와 국민당을 대륙에서 축출했다.

미국은 일본의 진주만 침략을 계기로 태평양 전쟁을 벌이면서 일본에 대항하는 국민당에 군사 원조를 했으나, 병력을 직접 파견하는 대신 국민당군을 훈련시키고 공군을 지원하는 정도로 도움을 줄 뿐이었다. 우리 광복군도 조국 탈환을 꿈꾸며 1944년과 1945년 충칭의 국민당 군대에 편입되어 미군 교관에게 훈련을 받고 있었다. 동아시아 전쟁은 1946년이나 1947년쯤 끝날 거라는 견해가 당시 지배적이었는데, 1945년 8월 원자 폭탄이 일본 본토에 투하됨으로써 하루아침에 종결되었다. 김구 선생이 못내 한탄했던 것도 이 대목에서다. 광복군이 해방된 조국에 직접 진주할 기회를 잃은 채 두 강대국의 협상 테이블 위에 놓이게 되었기 때문이다.

앞에서 언급했다시피 일본이 중일 전쟁으로 중국 대륙 전체를 집어삼킬 야심을 가졌던 것은 아니다. 군대를 제대로 통제하지 못해 관동군이 먼저 사고를 치면 정부가 뒤늦게 승인하는 형식을 되풀이하다 보니, 원치 않은 전쟁의 늪에 빠져든 것이다. 또 미국이 태평양 전쟁까지는 일으키지 않으리란 오판으로 진주만 공습을 감행한 것이 돌이킬 수 없는 패착이 되었다. 일본은 이런 총체적 난국을 해결하기 위해 석유를 찾아 동남아시아를 공략하고, 인도까지 도모하려다 힘에 부쳐 제풀에 꺾이고 말았다. 20세기 동아시아의 질서가 지금 같은 모습으로 이어지게 된 배경은 이와 같다.

국제 질서는 결국 힘의 균형에 좌우되기 마련이다. 제 아무리 훌륭한 이념이라도 힘 앞에서는 무용지물이다. 중국을 독립시켜 발전된 나라로 만들겠다며 호언장담하던 장제스, 마오쩌둥, 왕자오밍 중 오로지 마오쩌둥만 살아남아 대륙의 주인이 되었다. 그러나 마오쩌둥 역시도 집권한 뒤로는 정책 실패에 의해 애꿎은 민중을 죽게 만든 지도자로 세계인의 뇌리에 각인되었을 뿐이다. 이 모든 결과가 근원을 따지고 들다 보면 중일 전쟁과 맞물려 있음을 알 수 있다. 일본의 불장난이 만들어 낸 씻을 수 없는 역사의 상흔들인 셈이다.

일본이 제국주의에 중독되어 간 과정

『**제국의 건설과 전쟁**』

김진기, 이담북스, 2023

제국의 후예임을 자랑스레 내세우며, 여전히 20세기 초 제국주의의 영화와 향수에 도취되어 현재를 살고 있는 일본의 극우파. 일본 정신을 강조하는 그 일면에는 태평양 전쟁의 패전국이라는 사실을 인정하지 않고, 자신들로 하여금 극심한 피해를 입은 국가들에 대한 반성과 사과를 외면하는 그늘이 자리한다. 이 책『제국의 건설과 전쟁』은 일본이 메이지 유신을 거치며 어떻게 전쟁 국가가 되었고 다른 나라를 침략해 지배하려는 야망을 가진 제국으로 변모했는지 보여 준다. 쇄국 정책으로 일관해 온 도쿠가와 막부는 영국에 의해 거대한 중국 대륙이 무참히 무너지는 과정을 목격하곤 동양의 힘이 서양 문명과 맞서기엔 역부족이라는 사실을 간파했다. 이후 발 빠르게 서양 문명 모방하기에 나서며 주창한 것이 바로 '탈아론'과 '정한론'이다.

일본은 메이지 유신 이후 10년마다 청일 전쟁, 러일 전쟁, 중일 전쟁을 치르며 매번 승리했고, 이를 통해 막대한 경제적 이익과 국민적 자긍심을 끌어올렸다. 특히 청일 전쟁에서의 승리는 일본을 아시아 강국 반열에 들게 했고, 명실공히 세계 5위 군사 대국으로 인정받는 계기가 되었다. 그들은 시모노

세키 조약을 통해 청나라로부터 받은 2억 냥으로 해군 함선을 건조하여 군사력을 더욱 확고히 다지는 한편, 초등학교 의무 교육을 시행해 제국의 신민을 양성하고자 했다. 신식 교육의 도입은 일본인들에게 근대적 국민이 되었다는 긍지를 갖게 함과 더불어 우수한 민족이라는 신념을 세뇌시키기에 더없이 긴요한 조치였다.

　일본의 자본주의는 절대 권력을 지닌 천황제와 군수 공업의 확대라는 정치 경제적 두 축을 통해 발전했다. 이후 일본의 경제 체제는 군사적 침략 정책을 등에 업고 주변 국가의 식민지화를 중심으로 구축되었다. 일본이 전쟁에서 승승장구하자 일본 국민들의 자부심도 날이 갈수록 치솟아 너나없이 침략 전쟁을 적극 지지하게 되었고, 이는 군부가 정치 권력까지 장악하는 양상으로 이어졌다. 정치인들 역시 전쟁이 자신들의 권력도 더욱 공고히 유지시켜 줄 것이라 믿었으며, 실제로 이를 이용해 국민들의 지지와 단합을 손쉽게 얻어 냈다. 점차 이들에게 전쟁이란 당연히 이기는 것으로 여겨졌으며 이러한 망상은 곧 확신으로 굳어졌다. 그렇게 제국주의는 자연스레 일본인들의 의식 속에 확고한 신념으로 자리 삼았다. 정치적으로는 경제적으로든 전쟁은 분명 가치 있는 최고의 투자인 셈이었으므로 그 유혹과 악순환에 서서히 빠져들게 된 것이다.

　러일 전쟁의 승리로 세계적인 강대국 대우를 받기 시작하자 일본은 만주까지 거침없이 정벌하여 괴뢰국으로 만들었고, 중국 대륙마저 손에 넣기 위해 중일 전쟁을 일으켰다. 이때 중일 전쟁을 방해하는 영국과 미국을 견제하기 위해 진주만 공격을 감행하고 동남아시아에 진주進駐하면서 300만 명의 일본군이 아시아 전역에서 전쟁을 치르는 지경에까지 이르렀다. 일본 수뇌부는 전쟁을 지속하는 것이 무리이며, 더구나 미국과의 싸움은 이길 가능성이 전혀 없음을 처음부터 인지하고 있었다. 그럼에도 불구하고 일본 군부 내 육군과 해군의 갈등도 때마침 곪아 터지면서 폭주를 멈출 수 없게 되었다. 전쟁을 계속 이어 가지 않고서는 한계점 그 이상에 도달한 일본 국민들의 기대치를 충족할 방법이 도저히 없었기 때문이다.

당시 일본 정부는 육군과 해군을 중심으로 한 군부가 장악하고 있어 다른 의견을 개진할 여지가 전무했다. 이러지도 저러지도 못한 채 막바지에 몰린 일본 정부는 국민들의 동요가 두려워 항상 승리하고 있다며 허위 보도를 내보내는 한편, 대동아 전쟁의 명분을 앞세워 식민지 조선과 대만을 향해 더욱 가혹하고 폭압적인 전쟁 참여 독려와 노동 착취를 자행했다. 이처럼 끝나지 않는 전쟁으로 식량과 물자가 태부족해지면서 식민지는 물론이고 일본 본토 국민들의 생활까지 극도로 피폐해지기 시작했다. 1940년대 일본 재정 상태는 군사비의 비중이 무려 80퍼센트에 달할 정도였다. 국가가 오로지 전쟁 수행을 위한 도구로 전락했으며 국민들은 전장에서 소비되는 전투 물자 조달책과 다름없는 신세가 되었다는 뜻이다.

그럼에도 여전히 그 시대를 추억하며 회귀를 꿈꾸는 일본인들이 다수 존재한다. 이 책에서 저자가 누누이 열거했다시피 제국주의는 침략 전쟁을 위해 자원을 동원하는 과정에서 필연적으로 폭력을 동반하고 인권을 유린한다. 통렬한 반성과 사죄, 제국주의가 남긴 것은 결코 그리움이 아니다.

오키나와의 문화를 기록한 사람들의 이야기

『슈리성으로 가는 언덕길』

요나하라 케이, 사계절, 2018

내게 여행이란 역사와 문화에 대한 탐구다. 그래서 여행을 떠나기 전 그 지역에 관한 책을 몇 권씩 읽곤 한다. 매번 꼭 지키는 나만의 불문율인 셈이다. 그렇게 이 책도 읽게 되었다. 오키나와는 원래 일본과는 다른 문화와 역사를 가진 지역이었다. 1429년 통일 왕조가 처음 생겨난 이래 1879년 류큐 처분이 있기까지 류큐 왕국이 지배했던 곳으로, 기카이시마와 요나구니시마에 이르는 도서 지역을 오키나와 제도 혹은 서남 제도라고 부른다.

동지나해와 남지나해의 중간 지점에 위치한 오키나와 제도에는 오랫동안 중개 무역을 한 해상 왕국이 있었다. 중국과 책봉 관계를 맺은 이들은 동남아시아로부터 중국이 필요로 하는 물품들을 수입하여 조공하는 방식으로 무역을 해 왔다. 침향, 소목 등 중요한 물자들을 중국이나 일본에 공급하여 얻는 이익은 컸고, 자연스레 류큐만의 독특한 문화가 생겨나면서 평온한 날들이 이어졌다. 하지만 오랜 시간 평화로웠던 탓인지 잘 정비된 군대도, 전쟁도 없었기에 일본의 강제 병합에 제대로 저항조차 하지 못했다.

책을 읽은 후 오키나와에 있는 슈리성에 직접 가 보았다. 언덕 위에 있어

저 멀리 나하의 바다까지 잘 보였다. 지금은 언덕 아래로 많은 집들이 잘 정비된 모습이지만 1945년 전쟁 후 찍힌 사진에는 모두 망가져 아무것도 남아 있지 않았다. 수년 전 번개를 맞아 화재가 났던 슈리성의 정전은 아직 복구 중이었다. 류큐 처분 후 쇼타이 국왕이 정전에서 나오면서 줄곧 방치되어 있다가 다이쇼 시대에 수리되었지만, 오키나와 전쟁 때 모두 소실되어 다시 지었으나 또 무너진 것이다. 이처럼 슈리성의 정전은 오키나와의 역사를 닮아 잊히고 지워지다 또 재건되기를 반복하고 있다.

슈리성은 아주 작은 성이다. 해발 136미터의 언덕 위에 동서로 약 400미터, 남북으로 200미터의 타원형을 그리는 이 성은 일본 지방에 있는 성보다도 아담한 모습이다. 해자도 없고 정전 앞 광장도 그리 크지 않다. 딱 작은 섬나라 왕이 살 정도의 규모이지만 중국의 책봉사가 오는 날이면 일대가 완전히 축제 분위기였다고 한다. 쌀보다는 고구마, 사탕수수, 해산물이 많이 나던 오키나와는 교역을 통해 물자를 적극적으로 확보해야 했고, 중국과의 조공 무역이 가장 큰 사업이었으므로 왕을 포함한 모든 국민이 그것에 매달릴 수밖에 없었다. 이와 관련하여 또 하나 짚어 볼 수 있는 슈리성의 특징은 붉은 기와와 외벽으로 된 정전이다. 건물 자체가 류큐 칠기로 이루어진 셈인데, 이렇듯 정전을 비롯하여 성 전체가 뛰어난 류큐의 공예 기술을 보여 준다. 오키나와가 무역으로 사는 나라다 보니 공예나 수공입이 발달하게 된 것이다.

류큐의 역사 가운데 특히 중요한 것이 시마즈의 침입이다. 시마즈는 지금의 가고시마 가문인데, 임진왜란 당시 도요토미 히데요시가 군인과 쌀을 요구하자 이를 류큐에 떠맡기려 했다. 류큐 국왕은 제안을 거절했고, 이에 대한 보복으로 시마즈가 슈리성을 침범하여 일본에 류큐를 강제 복속시켰다. 그러나 류큐가 중국과의 조공 무역을 통해 얻는 이익이 크다 보니, 일본은 자신들의 지배하에 있다는 사실을 숨기고 류큐 국왕과 그 가족들만 주기적으로 에도에 방문하여 일본 문화를 배워 가도록 했다. 이렇게 류큐는 생존을 위해 중국과 일본의 눈치를 살피면서도 그들만의 평화를 잘 유지했다. 하지만 일본이 메이지 유신을 통해 세력을 확장하면서 결국 복속되고 말았다. 1945년 오키나와 전쟁을 치르는 3개월 동안 인구 10만 명 이상이 집단 자살을 강요받았는가 하면, 1972년까지 미군의 통치 아래에 놓이면서 작고 평화로웠던 땅은 상처투성이가 되었다. 오키나와 전체를 돌아보는 것은 일종의 다크 투어다. 어느 곳이든 아픔이 있다.

이 책에 등장하는 가마쿠라 요시타로는 일본의 유력한 재단으로부터 지원을 받아 1920년대부터 1930년대까지 수차례 오키나와에 거주하면서 그곳의 문화를 채집하고 기록한 학자다. 류큐 왕국이 통치한 450년 동안 화려한 문화를 이어 왔던 오키나와는 빼어난 자연 환경만큼이나 아름다운 유산들을 가지고 있었다. 가마쿠라는 건물을 비롯한 그 문화유산들을 사진으로도 남겨 오키나와 전쟁과 함께 사라진 것들을 복원하는 데 큰 기여를 했다.

태평양 전쟁이 일어난 와중에도 그는 기록물을 보존하기 위해 분투했다. 그중에는 오키나와 역사에서 중요한 문건인 『역대보안歷代寶案』도 있었다. 이는 류큐 왕국의 외교 문서집인데, 1424년부터 1867년까지 444년간의 외교 문서 4,590통이 수록된 것으로 무척 귀중한 자료이다. 이 역시 전쟁 통에 대부분의 원본과 사본이 사라졌으나 가마쿠라를 비롯한 여러 사람들이 사본을 추가적으로 제작했다. 잊힐 뻔한 역사와 문화가 오늘날까지 보전될 수 있었던 배경에는 이러한 노력이 존재한다.

오키나와는 지정학적 위치 때문에 너무 많은 시련을 겪어야 했고, 그곳의 많은 사람들이 살기 위해 하와이나 아메리카로 이민을 떠나기도 했다. 따뜻하고 아름다운 오키나와에서의 여행은 즐거웠지만 한편으로는 슬픔을 담지 않은 곳이 없을 정도여서 마음이 아팠다. 이곳을 다시 찾게 된다면 그때는 직접 차를 몰고 아픔의 현장 구석구석을 둘러보고 싶다.

대만을 다시 이해하다

『대만 산책』

류영하, 이숲, 2022

중국과 대만 사이에 양안 전쟁이 벌어질지 모른다는 불안감이 팽배한 것도 사실이지만, 대만을 그저 해외 관광지 정도로만 치부해서는 안 된다. 그런 의미에서 이 책은 대만을 다시 이해하는 데 도움을 준다. 사실 대만은 우리가 알고 있는 것 이상으로 높은 수준의 경제력과 정치력을 겸비한 나라다. 2022년 대만의 1인당 국내 총생산은 한국을 넘어섰다. 국가 경쟁력도 대만이 8위, 한국은 23위다. 다만 약점이 있다면 중국의 훼방으로 다른 나라와 국교를 맺지 못한다는 점이다. 중국의 시진핑 주석은 언제든 대만을 힘으로 통일하기 위해 기회를 엿보고 있는데, 이에 대응하려는 대만의 군사력도 만만치가 않다.

대만의 주류는 원주민인 고산족과 400년 전 청나라로부터 유입된 푸젠성의 민족, 하카 등이었다. 그러다 일본의 침탈을 겪고 뒤이어 장제스 부대가 들어오면서 외성인이 생겨났고, 이로 인해 애초에 터 잡고 살던 대만인들은 일본의 통치를 받다가 외성인의 통치를 받게 되었다. 일본의 강점하에서는 비록 주권은 없었으나 먹고 사는 것이 부족하진 않았다. 그런데 통치 세력이 바뀌면서 더 가난해지자 대만의 내성인들은 일본이 자신들을 침략했음에도 상대적으로 좋은 감정을 갖게 되었다.

더구나 2·28 사건으로 장제스 부대에 의해 내성인 만여 명이 학살되면서 오히려 대만인이라는 정체성까지 만들어졌다. 당시 사건으로 내성인 중 대부분의 지식인들이 목숨을 잃었고, 남은 내성인들은 외성인보다 낮은 계층으로 취급받게 되었다. 그래서인지 오늘날 민진당 지지자 중에는 이러한 내성인들이 상당수라고 한다. 장제스가 죽고 1987년 민주화 바람이 불면서 대만인들은 언론과 출판의 자유를 얻게 되었지만 정치적 혼란기를 겪기도 했다. 당시 우리보다 잘 살던 대만에 긴 정체기가 찾아온 이유는 바로 이러한 정치적 대립과 혼란이 계속되었기 때문이다.

대만은 중국의 전통 문화를 많이 보유하고 있다. 중국의 전통을 알고 싶으면 대만으로 가라는 말이 있을 정도다. 그 한 가지 예가 마조이다. 대만의 종교를 이해하기 위해서는 마조를 알아야 한다. 마조는 중국 민간 신앙과 도교에 등장하는 바다 여신으로, 마조의 생일이 있는 3월에는 대만 전역에서 축제가 열리는데 연중 가장 크고 화려한 행사이다. 마조를 믿는 신도가 1,400만 명이나 된다고 하니, 가히 대만의 국가적 종교라 할 수 있다.

대만 사회에서 마조가 얼마나 큰 비중을 차지하는지에 대한 재미있는 일화도 있다. 대만 총통을 뽑는 선거에 궈타이밍이 출마를 선언했는데, 꿈에 마조가 나타나 이를 권유했다는 것이다. 그는 항상 자신의 비행기에 관우상과 마조상을 함께 가지고 다녔다고 한다. 바다로 둘러싸인 섬이라는 지리적 특성상 대만 사람들이 마조를 이렇게 모시는 풍습도 전혀 이해가 안 되는 것은 아니다.

대만에는 야시장과 벼룩시장이 많다. 이곳 사람들이 시장을 통해 교류하거나 먹고 마시는 문화를 즐기는 까닭이다. 다양한 이들이 섞여 살아가고, 우리처럼 고통받았던 역사가 있는 나라. 문화의 뿌리는 중국에서 기원했을지라도 현재 대만은 엄연한 자주 독립국이다. 살아남기 위해 경제 강국이 되었고 이제는 동남아시아의 많은 나라들을 선도하고 있다.

한때 대만을 자유 중국이라 부르며 매우 가깝던 시절이 있었다. 지금도 한류를 찾아 볼 수는 있지만, 혐한 정서도 동시에 팽배한 상태이다. 우리 입장에서는 중국이라는 거대 시장을 외면할 수 없지만 대만과의 관계 개선 또한 염두에 두는 신중한 양면 전략을 고민해 보아야 할 때가 아닌가 싶다.

역사를 알면 그 나라가 보인다

『처음 읽는 베트남사』
오민영, 휴머니스트, 2022

베트남은 한국과 비슷한 점이 아주 많은 나라다. 역사적으로 볼 때 중국의 남쪽과 동쪽에 위치한 두 나라 모두 중국의 침략이나 영향을 많이 받아 왔을 뿐 아니라 수천 년간 지속된 중국과의 항쟁에서 여전히 독립국을 유지하고 있다. 우리나라도 그렇지만, 베트남의 역사는 한마디로 중국과의 투쟁사라고 할 수 있다. 기원후 1세기부터 10세기까지 중국의 지배를 받았고, 조타라는 조나라 사람이 베트남에 내려와 독립국을 세운 적도 있다. 고조선 시대 우리나라에 위만 조선이 세워진 것과 비슷하다.

중국 대륙이 혼탁했던 춘추 전국 시대에 이르러서는 그 유민들이 우리나라로 대거 이주했는데, 베트남의 경우에도 명나라 말기까지 많은 중국인들이 베트남 남부로 들어와 미개척지인 메콩강 주변을 개발한 바 있다. 과거 남비엣 시절에는 지금의 베트남 북부가 광둥, 광서 지역에까지 걸쳐진 적도 있었다. 그러나 한나라의 침략으로 남비엣이 망하고 교지자사부가 설치되었다. 우리나라 북쪽 지역을 한나라가 침략하여 한사군을 설치한 것과 같다. 우리의 고대사와 베트남의 역사적 전개가 중국 대륙의 변화에 따라 비슷하게 진행되어 왔다는 사실이 흥미롭다.

중국은 통일이 이루어지면 곧바로 베트남을 침략해 지배하곤 했다. 그렇게 한나라 때부터 송나라 때까지 베트남은 계속 중국의 지배를 받았다. 우리는 삼국으로 분열되어 있다가 하나로 통일되고, 다시 고려가 만들어지면서도 줄곧 독립국을 유지했지만 베트남은 그렇지 못한 것이다. 응오꾸옌의 박당강 전투 이후 중국을 물리치면서 베트남은 비로소 독립국이 되었고, 그때부터 탈중국을 위한 중국화 정책을 펼치기 시작했다. 중국으로부터 독립하기 위해서는 중국의 문화와 기술을 배워야 한다는 것이었는데, 이에 따라 중국 문화를 적극적으로 수입하면서 베트남은 점차 하나의 소중국처럼 변했다. 이러한 정책을 실질적으로 주도한 세력은 사실 중국에서 이주해 토착화된 사람들이었다. 베트남의 리 왕조, 쩐 왕조, 레 왕조, 응우옌 왕조도 마찬가지였다.

베트남 역사를 살펴보면 북부의 중국화된 정부가 중부와 남부로 세력을 확장해 간 흐름을 알 수 있다. 베트남 중부는 안남이라고 불렸는데, 그곳에는 참파라는 왕국이 있었다. 참파는 하나의 국가가 아니라 안드라푸라, 비자야, 카우타라, 판두랑가 등 지방 세력의 연합이었고, 인종적으로도 폴리네시아인이 다수였다. 베트남과는 중국을 두고 무역 경쟁을 하던 관계였기에 서로 다툼이 많을 수밖에 없었다. 남부의 경우에는 앙코르 왕국이 지배하던 크메르족의 국가였다. 지금의 캄보디아인이 바로 앙코르 왕국의 후예들이다. 현재 베트남의 국토는 18세기 응우옌 왕조가 남쪽을 정복하면서 확정된 것이다.

레 왕조는 유교 문화를 대거 받아들여 조선처럼 유교 국가를 만들었다. 그리고 참파 왕국을 점령하여 베트남 주변 세력들로부터 조공을 받으면서 인도차이나반도의 중국과 같은 위치에 서게 되었다. 한편 레 왕조 때 찐씨와 응우엔씨의 대립은 50년간 계속되었는데, 호이안이 국제 무역으로 활성화되면서 응우옌 정권이 힘을 키울 수 있었다. 당시 포르투갈과 네덜란드의 영향으로 군사력이 강화된 것도 하나의 요인이었다. 응우옌 정권은 남쪽으로 확대되었는데, 이때는 청나라에 항거했던 명나라 유민 세력의 도움이 컸다. 명나라 장수 출신인 양언적, 진상천, 막구가 메콩강 주변을 개발하기 시작했고, 중국계들이 그 지역을 장악했다. 베트남 화교는 대부분 이 시기로부터 유래한 것이다. 이후 떠이선 운동이라고, 응우옌 삼 형제가 베트남 통일에 성공하지만 곧이어 프랑스에 의해 식민지로 전락했다. 프랑스는 베트남 남부를 코친차이나, 중부를 안남, 북부를 통킹이라 부르며 라오스와 캄보디아까지 점령하여 인도차이나 연방을 만들었는데, 이 연방의 수도가 지금의 하노이다.

이 책의 절반은 베트남 현대사로, 호찌민을 중심으로 한 베트남의 독립 운동과 세 차례에 걸친 인도차이나 전쟁에 관한 이야기를 다루고 있다. 프랑스, 미국, 중국 등 강대국들과의 연이은 전쟁에도 굴하지 않은 베트남의 현대사를 읽다 보면 참으로 대단한 나라라는 감탄이 절로 나온다. 엄청난 폭격을 견디고 끈질기게 저항하여 독립을 일궈 낸 그들의 눈물겨운 투쟁사는 모든 나라의 귀감이 되기에 충분하다. 우리는 우리만의 견해로 다른 나라의 실체를 직시할 필요가 있다. 강대국이 덧씌운 이데올로기적 이미지로만 베트남을 재단해선 안 된다. 그런 의미에서 이 책은 베트남 전쟁이나 사회주의 베트남에 대한 오해와 편견을 불식시켜 줄 것이다.

17도와 38도, 한국과 베트남의 차이

『**한국과 베트남, 두 나라 이야기**』

허주병, 책과나무, 2018

지난 여름 말레이시아로 역사 여행을 다녀왔다. 별일 없으면 이번 겨울에는 그 다음 여행지로 점찍어 둔 베트남을 일주할 생각이다. 베트남은 가깝다면 정말 가까운, 그래서 공통점도 꽤 많은 나라다. 우리나라와 마찬가지로 몇 안 되는 한자 문화권 중 한 곳인데다 유교 국가이다. 또 중국 문화가 유입된 시점도 비슷하다. 과거 한무제는 베트남 땅에 9군을 설치했고, 고조선을 망하게 한 후 평안도에 4군을 설치했다. 그 시기가 겨우 3년밖에 차이 나지 않는다.

당시 베트남에는 남월이라는 나라가 있었는데, 월나라 남부 지방을 다스리던 총독 조타가 진나라 멸망 후 세력을 확장해 만들었다. 우리에게 고조선이 나라의 시작이라면, 남월은 베트남의 시작이다. 남월이 망하고 약 천 년간 베트남은 중국 왕조의 통치를 받았다. 서기 939년 응오꾸옌에 의해 독립 국가가 될 때까지 말이다. 이후 베트남은 프랑스 식민지가 되기 전까지 오랫동안 독립국을 유지했다. 특히 세 차례에 걸친 원나라의 침입에도 굳건히 나라를 지켜 냈다는 점에서 고려와 비교된다. 한때 명나라 대군에게 패하여 명나라 땅이 되기도 했지만, 농민 출신 러레이가 독립 운동을 전개하여 또 한 번 영토를 되찾은 역사도 있다. 여기서도 이성계가 위화도 회군으로 명나라와 맞서지 않고 사대 정책을 펼쳐 전쟁을 피했던 것을 떠올려 볼 수 있다.

1858년 프랑스 신부를 박해했다는 이유로 프랑스는 베트남을 점령하고, 이어서 캄보디아와 라오스도 접수한 뒤 프랑스령 인도차이나 연방을 구성했다. 영국이 말레이시아 연방을 만든 것과 같은 방식이었다. 제2차 세계 대전이 끝나고 베트남을 점령했던 일본군이 물러나면서 다시 프랑스가 진입했으나 베트남군의 반발에 밀려 결국 철수했다. 이후 1954년 제네바에서 체결된 휴전 협정에 의해 베트남은 북위 17도를 경계로 남북으로 분단되었다. 한국이 해방되고 1945년에 38도로 분단된 것과 같은 전철을 밟은 셈이다. 1960년에는 분단된 상태로 내전이 발생했고, 1964년 미국이 개입하면서 베트남 전쟁이 시작되었다. 1973년 미국이 완전히 떠날 때까지 10여 년간 베트남은 전쟁의 소용돌이에 빠졌지만, 1975년 북쪽의 베트콩들이 남쪽의 사이공에 입성하면서 끝내 통일 국가가 되었다.

베트남과 우리는 비슷한 부분이 많다. 단순하게는 나라의 크기부터 국난을 극복하는 데 민중이 큰 힘을 발휘한 경험, 역사적으로 오랜 시간 중국의 영향력을 견뎌 낸 끈기, 강한 국가적 자존심 등이 닮았다. 다만 17도와 38도의 차이가 있다. 베트남은 17도로 분단된 지 20년 만에 통일을 쟁취했지만 우리는 38도로 분단된 후 77년이 지나도록 통일이 요원한 상태다. 베트남은 분단된 지 6년 만에 내전이 일어났고 우리는 5년 만에 한국 전쟁이 일어났다. 그 후 미군이 개입한 것도 두 나라 모두 같지만 결과는 달랐다. 베트남은 분단된 시간이 짧아 통일의 후유증도 상대적으로 적다고 할 수 있다. 우리로서는 언젠가 통일이 된다 해도 오랜 분단으로 인해 깊어진 골을 메우는 데 만만치 않은 시간과 노력이 필요할 것이다.

미국, 국가로서의 탄생

『미국인 이야기 1: 독립의 여명 1753~1770』

로버트 미들코프, 사회평론, 2022

미국의 역사는 자유를 기치로 내건 혁명에서 탄생했다. 처음 미국으로 이주한 사람들은 대부분 영국 출신이었지만 차츰 아일랜드, 스페인, 이탈리아, 스웨덴 등으로 다양해졌다. 모두 유럽 도처에서 구체제의 핍박을 피해 신대륙으로 건너온 것이었다. 이들은 자유인의 신분으로 척박한 황무지를 일구며 새로운 대륙을 개척해 잘 살고 있었다. 그런데 갑자기 영국 정부가 이들을 통제하고 세금을 부과하기 시작하면서 독립의 도화선에 불이 붙었다. 1763년부터 1770년까지 영국 의회는 인지세와 관세를 만들어 신대륙 식민지에 적용하려 했으나 그 과정에서 미국인들의 강력한 반발에 직면했다. 그들의 반발은 폭동으로 번졌고 전쟁으로 확대되었다.

신대륙에서의 영국 식민지는 13곳이었다. 당시 영국은 가장 힘이 센 나라였고, 프랑스와 스페인 군대를 물리치면서 전 세계에 식민지를 늘려 나가던 차였다. 이러한 식민지 확대로 부양해야 할 군대도 늘어났는데, 문제는 대규모 관료제가 자리 잡은 육군과 해군이 엄청난 권력을 가지고 있었다는 점이다. 결국 이들 조직을 유지하기 위해 세금과 차입을 확대할 수밖에 없었던 영국은 식민지에 그 부담을 지우고자 했다.

영국 의회는 미국의 질서를 유지하고 상비군을 주둔시키기 위한 비용을 미국이 대도록 인지세를 도입했다. 미국인들은 자신들의 대표가 파견되지 않은 상황에서 영국 의회가 식민지에 세금을 부과하는 것을 받아들일 수 없다며 반발했다. 그럼에도 자국을 후견자, 식민지를 자식쯤으로 인식한 영국 측에서는 무조건 결정에 따를 것을 강요했다. 하지만 미국인들은 이제 자체적으로 땅을 지키고 이끌어 나갈 수 있다 믿었기에 인지세법과 관세법으로 자신들을 통제하려는 시도를 용납할 수 없었다.

이들이 강력히 반발할 수 있었던 데에는 미국의 인구 구성이 대부분 잉글랜드인이었던 시기를 지나 스코틀랜드-아일랜드인, 독일인, 네덜란드인 등으로 다양해진 것도 한몫했다. 반드시 영국 정부의 말을 들어야 할 필요성을 못 느끼는 미국인이 많아졌다는 의미다. 또 한편으로는 가난과 종교적 박해로 고향을 떠나 이민자로 내몰린 경험을 떠올리며 다시 그러한 억압 아래 묶이지 않겠다는 절박한 의지도 작용했다.

더구나 오직 노예만이 재산을 소유하지 못했던 당시 관념에 비추어 볼 때, 이민자들이 기댈 곳은 자신들이 취득한 재산뿐이었다. 재산 소유는 식민지 내 유권자의 필수 조건이었으며, 나아가 정치적 주도권도 이에 달려 있었다. 다시 말해 재산을 뺏기는 것은 그 모두를 송두리째 뺏기는 것과 같았다. 여기서 우리는 미국 신대륙에 널리 퍼져 있던 로크의 사상을 찾아 볼 수 있다. 로크가 생각하는 재산이란 물질적 소유물이자 목숨, 자유, 신분이었다. 따라서 영국이 부과하는 세금은 영원한 예속과 노예화를 불러오는 멍에로 간주되었다. 미국인들이 분연히 반발하는 것은 당연한 결과였다.

영국은 이를 잠재우기 위해 뉴욕과 보스턴에 상비군을 주둔시켰다. 그런데 상비군이 미국인에게 시비를 거는 경우가 늘어나고 다툼이 잦아지다 결국 사소한 사건으로 유혈 충돌이 일어났다. 미국 13개 주 의회들은 단합하여 영국 물품을 수입하지 않았으며, 미국인들에게 내려진 무자비한 처분에 항의하기 시작했다. 하지만 영국 의회의 결정은 미국의 기대에 전혀 부응하지 못하는 것이었다. 식민지인들의 불만은 눈덩이처럼 불어났고, 의회에서는 이들을 선동하는 강성 정치인들이 권력을 잡게 되었다.

수입 거부 운동을 탄압하기 위한 영국군의 통치 방식은 식민지인들을 계속해서 격앙시켰다. 처음부터 독립을 염두에 둔 것은 아니었으나 자유가 소중했던 미국인들은 평등주의에 반하는 영국의 부당한 대우를 더 이상 받아들일 수 없었다. 마침내 독립을 위한 충돌이 불가피해진 것이다. 미국 혁명은 자유를 찾기 위해 유럽의 거대 제국을 상대로 벌인 투쟁이었다. 이를 계기로 세계에 자유, 평등, 자치, 인권, 기본권의 개념이 퍼져 나갔다. 그렇게 인간 기본권의 역사가 한 걸음 진보했다.

3
인류사

태초의 발자국을
되짚는 여정

태초의 발자국을 되짚는 여정

세계 각국의 지리나 지형은 거의 고정되어 있다. 터 잡고 사는 사람만이
시대에 따라 달라질 뿐이다. 이렇게 고정된 지리의 특성이
그곳 사람들의 의식 구조 속에 녹아들면서 전통과 관습이 형성된다.
그리고 그를 기반으로 역사가 만들어지고 세상이 변한다.
지리는 인간이 쉽게 바꿀 수 없는 것이기에 상수로 존재하고,
오직 인간들의 욕망과 상황이 변수로 영향을 미쳤을 뿐이다.

'지리를 통해 본 세계 역사' 중에서

인간은 결국 개조된 어류일 뿐이다

『내 안의 물고기』

닐 슈빈, 김영사, 2009

이 책은 독일의 생물학자이자 철학자인 에른스트 헤켈이 주장한 "개체 발생은 계통 발생을 반복한다."라는 가설을 떠올리게 한다. 모든 종은 발생 과정에서 자신의 진화 역사를 되풀이한다는 뜻인데, 그에 따라 인간의 배아 역시 발생 과정에서 어류, 파충류, 포유류의 단계를 밟는다고 한다. 인류의 배아와 어류의 배아는 유사하다. 둘 다 '판데르'와 '폰 베어'의 세 가지 배엽을 지녀 각 세포마다 전체 개체를 온전히 복제해 내는 능력이 있다.

판데르는 어류와 네발 동물 사이를 잇는 고생대 데본기 물고기로, 가슴지느러미가 다리로 진화하는 과정을 설명해 준다. 화석을 발견한 생물학자 하인리히 크리스티안 판데르의 이름을 따서 그 배아 세포 역시 판데르라고 일컫는다. 폰 베어는 포유류의 알을 발견하고 동물의 배엽설을 제창한 카를 에른스트 베어의 이름을 딴 것이다. 다만 세포가 제 역할을 하려면 특정 시기, 특정 부분에서 스위치가 작동되어야 한다. 이런 정보를 담고 있는 게 바로 DNA다. 지금의 과학 기술로는 인간뿐 아니라 다른 종들의 DNA까지도 분석할 수 있다. 즉, 서로 다른 계통의 DNA 분석 비교를 통해 진화와 생명의 비밀이 풀리기 시작했다는 말이다.

지구의 46억 년 중에서 대략 3억 7500만 년과 3억 8000만 년 사이 엄청난 일이 벌어졌다. 어류들이 살아남기 위해 뭍으로 올라온 것이다. 데본기의 암석을 찾아보면 상당히 많은 어류들의 뼈가 발견된다. 저자 닐 슈빈은 캐나다 북쪽, 북극과 가까운 곳에서 어류와 포유류의 중간 단계인 어류를 처음 발견했다. 어류와 포유류의 가장 큰 차이는 목과 다리의 존재 여부인데, 물고기는 목이 없고 어깨와 머리 사이에 일련의 골판들이 있다. 또 물고기는 지느러미가 있지만 육상 동물은 손가락, 발가락, 손목, 발목이 있다.

이때 어류와 육상 동물의 진화 경계에 있던 어류에게는 어깨, 팔꿈치, 손목 관절이 존재했다. '틱타알릭'이라는 물고기가 이에 해당한다. 육상 동물의 두개골은 척추에서 유래한 것인데 물고기들은 두개골과 어깨가 뼈들로 연결되어 있어 몸통을 돌리면 목도 함께 돌아간다. 그러나 틱타알릭과 같은 물고기는 몇 개의 작은 뼈를 퇴화로 잃으면서 목만 따로 움직이게 된 것이다.

우리의 손발은 각각 뼈 한 개-뼈 두 개-뭉근 뼈 여러 개-손발가락의 방식으로 움직인다. 이에 반해 물고기는 지느러미 기저부에 네 개 이상의 뼈를 가지고 있다. 그런데 육상 동물의 손발에 해당하는 기관이 어류에게도 생기는 중요한 과정을 담은 화석이 발견되었다. 단단한 근육으로 된 엽상 지느러미를 가진 '유스테놉테론'이라는 물고기의 화석이 바로 그것이다. 유스테놉테론은 폐와 유사한 기관을 지녀 공기 호흡을 하는 폐어류와 육상 동물 사이 진화 과정의 빈틈을 채워 준다(폐어류도 지느러미에 뼈가 하나 있어서 어류와 육상 동물의 중간 단계라고 할 수 있다).

이와 같이 틱타알릭은 인간처럼 어깨, 팔꿈치, 손목을 가지고 있어 팔 굽혀 펴기가 가능한 어류였다. 얕은 개울에서 서식했기에 팔 굽혀 펴기 동작을 이용해 재빠르게 움직이고 도망칠 수 있도록 진화했을 것이다. 해부학을 공부하면 인간의 팔과 손의 구조에도 물고기의 흔적이 숨어 있다는 사실을 알게 된다. 인간의 유전자에는 배아 형태 발생을 규제하는 단백질 신호 분자 '소닉 헤지호그'가 있는데, 이는 물고기를 포함하여 닭, 개구리, 쥐 같은 동물들에게도 동일하게 존재한다. 결국 같은 구조의 몸을 만들 수 있는 것이다.

이 책에서 무엇보다 인상적이었던 것은 '몸의 탄생'에 대한 설명이었다. 단세포 동물이 다세포로 진화하게 된 데는 그만한 이유가 있을 테다. 동물의 몸은 여러 부속 기관이 합쳐진 것이며 뇌, 심장, 위, 간 등의 장기는 저마다 다른 세포들로 이루어져 있다. 몸을 이루는 세포와 유전자, 단백질도 각자 정해진 역할이 있다. 가령 세포와 세포를 묶는 아교질은 그 역할을 넘어서 세포 간 의사소통까지 담당하며 몸에 필요한 각종 요소를 만들어 낸다.

그 외에 세포들을 뭉쳐 주는 분자가 있고, 세포 사이를 메우는 분자도 있다. 인간의 골격이 유지될 수 있는 건 이런 분자들이 적절한 곳에 적절한 비율로 존재하기 때문이다. 각각의 세포 속에는 신체를 구성하는 모든 분자가 들어 있다. 뼈세포는 자그마한 분자들을 못처럼 사용하여 서로 결합한다. 또 콜라겐은 세포와 조직들을 함께 묶는다. 그런데 그것이 가능해진 때는 지구에 산소가 증가하면서 에너지 효율이 올라간 이후다. 몸의 발생은 많은 세포와 에너지를 필요로 한다. 결국 지구가 최적의 환경을 조성해 준 덕분에 인간이 더욱 큰 몸을 지닌 생명체로 진화할 수 있었던 것이다.

칼 세이건이 "별을 들여다보는 것은 과거를 들여다보는 것"이라고 했다. 별빛은 이미 오래 전에 만들어져 우리에게 오기 때문이다. 사람을 들여다보는 것도 별을 보는 것과 같다. 인체는 일종의 타임캡슐인 셈이다. 인간의 몸속에는 지구 역사의 결정적 흔적들, 고대의 바다나 숲에서 벌어진 사건들, 대기에 생긴 변화들이 남아 있다. 그리고 우리의 세포들이 어떻게 적응하고 협동하여 몸을 형성해 나갔는지에 대한 비밀이 담겨 있다. 고대 숲과 평원을 무대로 한 삶이 인간의 눈과 코를 만들었고, 고대 강의 환경이 팔다리의 기본 구조를 만들었다.

우리는 개조된 물고기다. 물고기의 몸에 포유류의 옷을 입은 뒤 미세한 조정을 거쳐 진화한 존재다. 오늘날 인간이 수많은 질병에 시달리는 것은 몸에 고스란히 남은 그 역사와 다르게 살아가기 때문이기도 하다. 만물의 영장임을 자처하지만 지구의 다양한 변화 가운데서 우연히 만들어진 산물이라는 것을 내 안의 물고기가 일깨워 준다. 이러한 깨달음이야말로 인간이 지구와 한 몸이며 이 행성의 다른 생명들과 운명 공동체임을 인정하는 출발점이다.

지리를 통해 본 세계 역사

『지리의 힘 2』

팀 마샬, 사이, 2022

『지리의 힘』1편을 분실하는 바람에 마저 다 읽지 못한 게 늘 아쉬웠는데, 7년 만에 2편이 출간되어 얼마나 다행인지 모르겠다. 지리는 내가 정말 좋아했던 과목 중 하나다. 학창 시절 지리 시험만큼은 단 한 문제도 틀려 본 기억이 없을 정도이다. 사회과 부도를 옆에 끼고 살면서 세계 지리를 익히고 각 나라의 수도와 국기를 외우는 것이 큰 즐거움이었다. 지리 관련 서적들을 읽다 보면 온갖 상상이 머릿속을 가득 헤집던 기억은 지금까지도 생생하다.

"세상은 변하지만 지리는 변하지 않는다." 세계 각국의 지리나 지형은 거의 고정되어 있다. 터 잡고 사는 사람만이 시대에 따라 달라질 뿐이다. 이렇게 고정된 지리, 지역의 특성이 그곳 사람들의 의식 구조 속에 녹아들면서 전통과 관습이 형성된다. 소위 지역성이나 민족성이란 것들이 이때 길러지는 것이다. 그리고 그를 기반으로 역사가 만들어지고 세상이 변한다. 지리는 인간이 쉽게 바꿀 수 없는 것이기에 상수로 존재하고, 오직 인간들의 욕망과 상황이 변수로 영향을 미쳤을 뿐이다. 이 책은 호주, 이란, 사우디아라비아, 튀르키예, 영국, 사헬 지역, 스페인, 에티오피아 등 지리가 각 나라의 운명에 어떤 파동을 일으켰는지 구체적인 사례를 들어 소개한다. 따라서 책을 읽을 때 구글 어스를 컴퓨터에 띄워 두는 것도 도움이 된다.

지리적 위치가 정치나 주변 국가와의 관계에 미치는 영향을 연구하는 것이 지정학이다. 예컨대 이란은 거대한 산맥으로 둘러싸여 있어 보병이 침입하고 점령하기 어려운 나라이다. 이라크나 아프가니스탄 전쟁에는 신속히 병력을 투입했던 미국이 이란의 경우 자제하는 태도를 보이는 것도 이러한 지정학적 이유 때문이다. 역사상 이란을 제대로 점령했던 것은 기원전 4세기경 마케도니아의 지배자 알렉산더 대왕뿐이다.

호주도 태평양 남단에 따로 위치하고 있으니 국방에 큰 신경을 쓰지 않아도 될 듯하다. 하지만 생각보다 중국과 가까울 뿐 아니라 한국이나 일본에서 정유하여 들어오는 석유 물동량의 대부분이 남중국해와 믈라카 해협 일대를 통과해야 하기 때문에 이 지역이 호주의 숨통에 해당한다고 볼 수 있다. 사우디아라비아 역시 지금의 사우디 가문이 형성되기까지 지난한 역정을 거쳤다. 1930년대까지만 해도 빈국에 속했으나 갑자기 석유가 쏟아지기 시작하면서 국제 사회 내 존재감이 치솟은 것이다. 그러한 사우디 가문에서 빈 라덴 같은 사람이 나오게 된, 복잡한 중동의 정치 역학에 대해서도 이 책은 잘 알려 준다.

그리스와 튀르키예가 서로 반목하고 경쟁하는 것도 결국 지리와 관련이 있다. 신이 흙을 체로 걸러 뿌려서 생겼다는 그리스는 6천 개가 넘는 섬들과 에게해, 지중해, 이오니아해에 둘러싸여 있다. 북쪽의 산들은 적의 위협을 막아 주는 요새였지만 교역을 하는 데는 큰 장애물이었다. 마침내 그리스는 해상으로 나가게 되었다. 열강의 틈바구니에서 바다 교역로를 지키기 위한 투쟁을 이어 왔으나, 오랫동안 튀르키예의 식민지가 될 수밖에 없었다. 오스만 튀르크나 셀주크 튀르크는 엄청난 힘을 가진 국가였기 때문이다. 지금도 그리스와 튀르키예를 통해 시리아나 아프리카의 난민이 유입되고 있어 EU와의 관계 또한 불편한 입장이다. 나라가 어느 곳에 위치하느냐에 따라 다른 국가의 문제까지도 떠안게 될 수 있는 것이다.

튀르키예는 과연 민주주의 국가로 남을까, 아니면 이슬람 근본주의 국가가 될까? 사헬 지역에 대한 강대국의 관심은 언제까지 유지될까? 바다와 접하지 않은 에티오피아가 바다를 통해 진행하는 교역량이 85퍼센트나 되는데, 이 문제는 어떻게 해결해야 할까? 바스크와 카탈루냐를 스페인이 절대 포기하지 못하는 이유는 무엇일까? 지구 곳곳의 지리적 갈등은 여전히 현재 진행형이고 인류가 존재하는 한 끝나지 않을 것이 분명하다. 그렇지만 문제를 인지하면 답은 보이기 마련이다. 이 책을 통해 그 실마리를 고민해 볼 수도 있으리라.

지정학은 왜 중요한가

『**심장지대**』

해퍼드 존 매킨더, 글항아리, 2022

매킨더는 지정학의 아버지라 불리는 학자다. 그는 제1차 세계 대전이 끝난 후 이 책을 썼는데, 앞으로 닥칠 제2차 세계 대전을 예상하고 있었다는 것으로 보아 확실히 비범한 통찰력과 선견지명을 가진 사람인 듯하다. 흔히 전쟁이나 역사의 격랑이 인간의 욕심 때문에 발생하는 거라 생각하지만, 사실 그보다 지정학적 위치에 더 큰 영향을 받기도 한다고 그는 주장한다. 우리는 그 말에 귀를 기울일 필요가 있다.

매킨더는 유라시아 대륙과 아프리카 대륙을 합쳐 '세계도'라고 불렀다. 세계도는 지구 표면의 3분의 2를 차지하고 세계 인구의 87.5퍼센트가 거주하는 지역이다. 아메리카 대륙과 오세아니아 대륙은 지구의 패권을 좌지우지할 곳이 못 된다는 게 매킨지의 판단이었다. 그는 이러한 세계도에 대하여 다음과 같이 요약했다. "동유럽을 지배하는 자가 심장 지대를 호령하고, 심장 지대를 지배하는 자가 세계도를 호령하고, 세계도를 지배하는 자가 전 세계를 호령할 것이다."

그렇다면 심장 지대란 과연 어디를 가리키는 걸까? 북쪽으로는 북극해,

동쪽으로는 예니세이강 뒤편의 광활한 황야, 남쪽으로는 고비 사막, 티베트, 이란, 그리고 알타이산맥에서 힌두쿠시산맥으로 이어지는 자연 방벽들에 둘러싸인 지역이다. 이 자연 방벽을 돌파하여 심장 지대로 접근하는 것은 거의 불가능하다. 즉, 공격하기는 어려운 반면 방어하기는 쉽다. 매킨더는 해양 세력과 육상 세력을 분리하여 육상 세력의 우수함을 더 강조했다. 이제껏 읽었던 지정학 서적들은 모두 해양 세력이 세상을 지배하게 될 거라고 주장했는데, 그와 상반된 입장이다.

심장 지대는 서쪽으로 열려 있는데, 그곳엔 동유럽이 위치한다. 동유럽은 튜턴과 슬라브가 교차하는 지역으로 심장 지대에 들어가는 입구가 된다. 이 지역을 지배하는 자가 세계도를 호령한다는 말을 이해 못하는 것은 아니지만, 매킨더의 이러한 지적은 공군력이 커진 현대에 와서는 비난의 빌미를 제공하기도 한다. 그러나 지리라는 자연 조건이 국가의 운명을 결정한다는 그의 핵심 논리만큼은 지금도 여전히 유효하다고 할 수 있다.

앞서 간단히 말한 것처럼 매킨더는 제1차 세계 대전이 연합국의 승리로 끝나고 전후 처리를 어떻게 할지 고민하던 시기에 이 책을 썼다. 그는 새로운 세상의 질서를 만드는 데 있어 권리나 구제 방안 등을 규정하는 법률가보다 현실적인 기회와 가능성을 다루는 사업가의 태도가 필요하다고 말했다. 충분히 공감되는 내용이다.

그는 또한 국제 연맹 설립에 대한 논의가 한창 진행 중일 때, 국제 연맹이 인류의 대표 기구가 된다면 심장 지대와 잠재적 위험성을 지닌 국가 지도자들을 주의 깊게 살펴봐야 한다고 경고했다. 심장 지대를 지배하는 자들이 인류에게 큰 영향을 끼치는 전쟁을 기획할 수 있다고 본 것이다. 하지만 국제 연맹은 미국 의회의 반대로 그 역할을 제대로 수행하지 못했고, 제2차 세계 대전의 발발을 막는 데에도 실패했다.

매킨더는 이처럼 지정학의 중요성을 제일 먼저 일깨워 준 인물이다. 국제 질서를 제대로 이해하고자 한다면 그의 고전을 접할 수 있다는 점에서 이 책 은 꼭 읽어 보길 바란다.

인간을 만든 것은 지구다

『오리진』

루이스 다트넬, 흐름출판, 2020

　　루이스 다트넬의 『오리진』은 제목이 암시하듯 지구의 탄생과 인류의 출현에 대해 지질학적 관점에서 풀어 쓴 책이다. 지금으로부터 약 2억 5천만 년 전 지구는 판게아라고 불리는, 대륙 전체가 하나로 붙은 거대한 땅덩어리였다. 그러던 것이 점차 분열되면서 오늘날의 지각 모습이 형성되었다. 지각은 지구 표면을 덮고 있는 맨 바깥쪽 지층을 가리키며, 맨틀에서 직접 분리되는 해양 지각과 오랜 시간 분화 작용에 의해 누적된 대륙 지각으로 나뉜다. 해양 지각은 대륙 지각보다 더 두껍고 밀도도 높다. 그래서 두 지각이 부딪히면 해양 지각은 아래로 내려가고 대륙 지각은 위로 올라간다. 이렇게 지각은 맨틀 위를 떠다니다 서로 충돌하고 합쳐지는 과정을 겪는데, 그 경계가 바로 화산대다.

　　인도 대륙과 유라시아 대륙의 충돌로 융기한 것이 히말라야산맥이다. 히말라야산맥과 티베트고원은 인도와 동남아시아에 계절풍을 만들어 내면서 동아프리카 지역의 습기를 빨아들였다. 그리고 에티오피아에서 모잠비크까지 수천 킬로미터에 이르는 동아프리카 지구대의 거대한 판이 융기하면서 동아프리카 지역은 사바나로 변했다. 사바나란 건조 기후가 길어지면서 수목이 잘 자라지 못해 긴 풀들이 무성한 열대 초원을 가리킨다. 이곳에 살던 인류의 조상들은 이제 나무에서 내려와 건조한 초원에서 먹을 것을 구해야 했기에 점차 걷기 시작했고, 영양과 얼룩말을 잡기 위해 집단을 이뤄 사냥을 하게 되었다. 인간이 직립 보행을 하고 도구를 사용하게 된 이유가 바로 기후 변화 때문이라는 것이다.

지구는 계속 빙기와 간빙기를 오가며 호미닌들의 활동 지역과 생존에 영향을 미쳤고, 이러한 기후 변동에 따라 그들은 살던 곳을 떠나 유라시아로 이주하게 되었다. 호미닌은 진화 경로상 현생 인류나 그 근연종들을 아울러 지칭하는 용어로, 사람아족이라고 부르기도 한다. 아프리카를 일찍 떠난 호미닌들은 유라시아에서 네안데르탈인과 데니소바인이 되었다. 우리 선조들은 6만 년 전 아프리카를 떠났다.

대부분의 고대 문명은 판의 가장자리 근처에서 생겨났다. 광물을 비롯하여 지구로부터 공급받은 유익한 물질들이 풍부했기 때문이다. 지금 우리가 살고 있는 이 시기는 홀로세 간빙기로, 따뜻한 기후 속에서 농경 문명과 가축화를 이루어 낼 수 있었다. 바로 그 이전의 빙하기 때는 해수면이 최대 120미터나 낮아져서 인간이 다른 대륙으로 이동하기가 용이했다. 아메리카 대륙에서 생겨난 말과 낙타도 이 시기 베링해를 통해 유라시아 쪽으로 건너와 인간에게 큰 도움을 주는 가축으로 자리 잡았는데, 아이러니하게도 정작 아메리카 대륙에서는 멸종되어 사라지고 말았다. 결과적으로 마지막 빙하기는 인류가 지구 전체로 확산되는 데 최적의 조건을 제공했을 뿐 아니라 문명을 발전시킬 수 있도록 엄청난 도움을 준 것이다.

활발한 컨베이어 시스템처럼 작동하는 바다는 적도 부근의 열을 극지 쪽으로 실어 날라 물을 순환시킨다. 이를 열염 순환이라고 하는데, 바닷물의 온도와 염분 함량의 차이가 순환의 원동력이 되는 것이다. 아가시즈호는 북아메리카 중부의 큰 빙하 호수로, 원래 판게아의 안쪽에 자리했다. 그런데 이 호수가 북극해로 엄청난 양의 담수를 방출하면서 해양 순환을 방해하고 일시적인 냉각을 일으켰다는 추측이 있다. 최근 연구에서는 유럽 전역에 걸친 농업이 동쪽에서 서쪽으로 확장된 것과 아가시즈호를 연관 짓기도 한다.

나투프인은 인류 최초로 정착을 선택한 채집 수렵민으로, 1만 1천 년 전 갑자기 기온이 내려가자 따뜻한 지역을 찾아 떠나는 대신 호밀을 땅에 심어 농사를 짓기 시작했다. 밀과 보리는 튀르키예 남부에서 유래했는데, 시간이 흘러 티그리스강과 유프라테스강 사이의 메소포타미아 지역에서 확산되어 갔다. 이러한 농경 문명의 시작으로 인간은 정착하게 되었고 도시를 건설하며 다양한 문화를 싹 틔울 수 있었다. 그와 동시에 다시는 이전의 상태로 되돌아갈 수 없게 되었다. 씨앗 식물이 제공하는 영양분이 비대해질수록 농작물에 점점 더 의존할 수밖에 없었기 때문이다. 필연적으로 인간 사회는 불평등한 계급 사회로 바뀌어 갔고, 그에 따른 계층 간 부와 자유의 격차도 갈수록 벌어지는 슬픈 역사로 발전하게 되었다.

인간은 끊임없이 자연의 영향을 받으며 살아가야 하는 존재다. 어떤 지역의 자연 환경은 그곳 사람들로 하여금 독특한 문화를 만들게 한다. 북해 대륙붕에 면해 있으면서도 저지대 국가인 네덜란드는 바다와 습지에 새로운 농경지를 만들려면 풍차를 이용하여 지속적으로 물을 빼내야 했다. 제방과 풍차를 짓는 데 천문학적인 비용이 필요했기에 교회나 의회를 통해 주민들로부터 돈을 빌리는 방식으로 자금을 조달하게 되었다. 그렇게 개간한 땅에서 농사지어 얻은 이익은 투자한 사람들에게 다시 분배되었다.

이 거대한 계획의 자금을 대기 위한 채권에 사회 구성원 모두가 투자하게 되면서 신용 대출 시장이 크게 활성화되는 결과가 따라왔다. 자금을 나누어 투자함으로써 위험을 분산시키는 이런 조달 시스템은 동남아시아에 향료를 구하러 가는 벤처 자금에도 적용되었다. 또한 사람들이 돈을 감춰 두는 대신 투자하게끔 유도하여 대출금 이자율은 내려가고, 모험적 사업의 자본 비용도 낮아지는 순환 구조를 만들어 냈다. 네덜란드의 주식 시장과 선물 시장은 이렇게 발전해 나갔으며, 이러한 경험이 자본주의의 토대를 다졌다.

이는 모두 저지대라는 특수한 환경 때문에 바다를 육지로 개간해야 했던 필요성이 낳은 산물이다. 자연 환경은 인간이 그것을 극복할 때 더욱 발전하는 동기가 되어 주기도 한다. 역사 공부 시 먼저 그 지역의 지질과 기후 등을 잘 이해해야 하는 이유도 여기에 있다. 지적 호기심을 충족하고 싶은 이들에게 이 책은 분명 재레드 다이아몬드의『총 균 쇠』나 칼 세이건의『코스모스』에 버금가는 재미를 선사해 줄 것이다.

지리학자가 풀어 쓴 강에 대한 알쓸신잡

『리버』

로런스 C. 스미스, 시공사, 2022

인류 문명은 강에서 태동했다. 오늘날 우리의 문명은 그 영역을 점차 확장시킨 결과이다. 현재 세계 인구의 63퍼센트는 강에서 20킬로미터 이내에 살고 있으며 대도시의 84퍼센트, 천만 명이 넘는 거대 도시의 93퍼센트가 강과 연접해 있다. 우리나라의 경우 서울이나 부산도 대규모 강을 끼고 거대 도시로 성장할 수 있었다. 이러한 점에서 인간은 도시 생물종이자 하천 생물종으로 분류 가능하다.

강은 산에서 많은 양의 흙을 가지고 내려와 하류에 풍부한 충적토를 제공한다. 강 끝에는 자연히 삼각주가 형성되고 문명은 이처럼 비옥한 토지를 기반으로 발전을 거듭했다. 강을 이용하는 방식도 다양해졌다. 강에서 비롯된 생산성 증가는 인구의 급격한 팽창으로 이어졌고, 강을 차지하기 위한 정치적 경계가 충돌하면서 강은 점점 더 중요한 전략 자원으로 부상하게 되었다.

인간은 선박으로 물류를 확대하고 산업을 확장시켰으며 아예 인공적인 강을 만들어 이용하기도 했다. 그러다 강을 막고 댐을 지어 물을 저장하는 방법도 고안해 냈다. 대규모 댐을 통해 물과 전기를 먼 데까지 넉넉히 공급할 수 있게 되면서 인류는 강 이외의 더 넓은 곳, 심지어 건조한 사막 지역까지 자신들의 영역으로 키워 나갔다. 우리가 배출하는 대부분의 오염 물질도 강으로 보내 정화시켰다. 쉘 실버스타인의 책 제목처럼 강은 인류에게 '아낌없이 주는 존재'가 된 것이다.

이에 필연적으로 강은 다양한 정치적 문제를 일으키기도 했다. 메콩강만 하더라도 그렇다. 티베트고원에서 발원하여 중국과 인도차이나반도의 여러 나라를 거쳐 남중국해로 흘러 들어가는 이 기나긴 강은 미얀마, 라오스, 태국, 캄보디아, 베트남까지 방대하게 이어져 있어 분쟁이 잦다. 메콩강 일대는 세계 최대 쌀 생산지일 뿐 아니라 민물 어류의 풍부한 생산량으로도 유명한데, 특히 메콩강을 수원으로 둔 캄보디아의 톤레사프호는 아시아 최대 자연 호수로 세계에서 가장 거대한 민물고기가 서식하는 곳이다. 이때 라오스가 메콩강 지류에 댐을 건설하고자 했고, 분쟁이 일어났다. 결국 메콩강 위원회가 결성되어 관련 국가들이 강을 사용하는 것에 대해 협의 중이다. 최근에는 중국이 메콩강 상류에 열한 개의 댐을 건설하기 시작하면서 인도차이나반도로 흐르던 강줄기가 말라 사막으로 변하고 있다는 소식을 전해 들었다.

이집트 문명의 발상지, 나일강에서도 비슷한 일이 발생하고 있다. 상류인 에티오피아, 우간다, 수단을 통해 나일강의 많은 물이 사막을 지나 이집트를 통과하여 지중해로 흐른다. 청나일강과 백나일강 등 몇 개의 지류가 합쳐져 나일강이 형성되는데, 현재 에티오피아 지역의 청나일강이 가장 많은 물을 나일강으로 흘려 보내고 있다. 그런데 에티오피아가 수단 국경과 가까운 곳에 '그랜드 에티오피아 르네상스 댐'을 짓고 있어 이집트와 마찰이 생겼다.

완공된다면 아프리카에서 가장 큰 규모의 댐으로, 최대 6,000메가와트의 전기가 만들어진다. 하지만 이집트의 반대로 국제 기금 지원에서 배제되어 에티오피아 국민들의 세금과 후원만으로 공사를 이어 가는 중이다. 에티오피아는 이 댐으로 충분한 물과 전력을 확보하여 국민 생활 수준을 높일 수 있겠지만 강의 하부에 위치한 이집트로서는 생존이 걸린 위협과도 같다. 이처럼 여러 국가를 지나는 강을 둘러싼 갈등이 국제 분쟁으로 치닫는 만큼 그 공동 사용에 대한 국제적 협의체가 반드시 필요함을 느낀다.

한편 거대한 운하 조성 계획들도 세계 곳곳에서 진행되고 있다. 중국의 '남수북조 프로젝트', 아프리카의 '트랜스 아쿠아 프로젝트', 인도의 '하천 연결 프로젝트' 등이 그것이다. 중국의 경우 남쪽의 풍부한 물을 북쪽으로 이동시키고자 한다. 중국 서부, 중부, 동부에서 각각 양쯔강의 물길을 북쪽으로 돌리기 위하여 세 개의 장거리 운하를 건설한다는 것이 핵심이다. 양저우를 통과하는 양쯔강에서 출발해 중국 대운하와 합류하는 동선은 이미 준비되었는데, 이 운하는 북쪽으로 톈진까지 이어져 있다. 양쯔강의 지류인 한강과 북쪽 화이허강 유역을 연결하는 운하인 중선도 완성된 상태이다. 이제 남은 것은 티베트고원 인근 양쯔강 상류에서 황허강 상류까지 연결하는 서선으로, 2050년 완공을 목표로 한다. 그 밖에 아프리카는 콩고강 유역의 물길을 2,400킬로미터나 떨어진 차드호로 보내는 사업을 진행 중이며, 인도는 히말라야 산맥에서 발원한 수십 개의 강 상류를 재구성하고 저지대로 흐르는 수십 개의 하류를 연결하는 프로젝트를 추진하고 있다.

운하는 물을 안정적으로 공급하고 홍수를 방지하면서 경제 성장에도 도움을 준다. 그러나 자연 환경을 파괴하고 실향민을 대거 양산하며 막대한 보조금을 지출시키는 등의 문제가 뒤따른다. 대규모의 인공 하천 사업은 얻는 것만큼 잃는 것도 많은 양날의 칼인 셈이다. 댐 건설도 마찬가지다. 댐을 지으면 주변 지대는 물에 잠기고 어딘가는 물이 마른다. 그렇게 생태계가 단절

된다.

지구 온난화가 강에 가져온 변화 또한 심각하다. 기온이 오를수록 폭염과 가뭄이 찾아올 확률이 높아지고, 잦은 홍수로 인한 하천의 범람 위험도 증가한다. 세계 평균 기온이 1.5도 상승하면 홍수로 목숨을 잃는 사람은 두 배가 되고, 경제 피해는 세 배에 육박할 것이라고 한다. 미래의 강수 형태를 모델화해야 하는 이유이다. 지표수 및 대양 지형 위성의 도입도 필수적이다. 이 위성은 하천 배수량을 원격으로 감지하여 추정치를 제공하며, 전 세계 호수와 습지의 수위를 측정하고 저수지의 저수량을 추적한다. 지구에서 순환하는 물의 양과 강우의 시기 등을 예측할 수 있다면 작물 수확량, 홍수, 가뭄의 예측도 가능하다.

강은 막대한 담수와 에너지가 집적된 물리적 실체다. 인류 문명을 일으켰으며 지구상의 다양한 생물 종이 생명을 유지하고 번식하는 데 절대적 영향을 미친다. 강이 주는 혜택은 이렇듯 실로 대단하다. 우리는 이를 잘 관리하는 한편 강으로부터 발생할 수 있는 제반 문제들에 대해서도 예측하고 대비해야 한다. 강은 인류의 생존과 직결되어 있다.

국가는 어떻게 형성되었는가

『농경의 배신』

제임스 C. 스콧, 책과함께, 2019

국가가 어떤 과정을 거쳐 만들어졌는지에 대해 여러 의견이 있지만, 이 책은 인간이 농경을 시작한 신석기 시대에 그 기원을 두고 이야기를 풀어 나간다. 메소포타미아 지역에서 발생한 수메르 문명은 국가가 생겨나게 된 배경을 설명하기에 좋은 사례라 할 수 있다. 티그리스강과 유프라테스강이 만나면서 형성된 삼각주는 비옥한 토양이 충적되어 곡식을 생산하기에 최적인 곳이었다. 자연스럽게 대규모 농작 인구가 모여들었다. 수로가 건설되고 경작지가 늘어나면서 질서 유지에 필요한 체계적인 조직과 제도가 발달했다. 문자도 발명되었다. 군대를 양성하여 다른 부족의 침입을 막거나 농사에 쓰일 노예를 확보하기 위해 적극적인 전쟁까지 감행했다. 그런데 이렇게 국가를 만들어 규모 있는 정치 체제를 이룬 결과를 과연 문명이나 진보라고 말할 수 있을까?

땅을 경작하고 가축을 길들이면서 정착 생활이 형성되었다고 흔히 알려져 있지만, 실제로 인류는 농경이 시작되기 훨씬 전부터 정착해 살았다. 수렵과 채집을 하면서도 군집 생활을 영위할 수 있는 곳은 많았기 때문이다. 아열

대의 강 주변은 어디든 먹거리가 풍성했다. 물고기, 새, 거북이를 잡아먹거나 때로는 큰 짐승을 사냥했다. 과일이나 견과류도 지천에 널려 있어 칼로리 섭취는 얼마든지 가능했다.

이렇게 수렵과 채집 생활을 하던 사람들은 농경민들보다 체격도 크고 영양 상태도 좋았다. 농사는 봄에 씨를 뿌려 계속 관리해야만 가을에 수확할 수 있는 힘든 작업이다. 그렇다면 인류가 수렵, 채집만으로 충분히 살아갈 수 있었는데 굳이 힘든 농사를 선택하게 된 이유는 무엇일까? 왜 더 낮은 칼로리 섭취를 마다하지 않고 곡물이나 가축을 기르며 군집 생활을 했을까? 그리고 그 과정에서 형성된 국가라는 불편하고도 불합리한 제도를 어째서 계속 고수해야만 했을까?

국가의 역사란 대부분 승리한 이들에 의해 남겨진 일방적이고도 당위적인 기록이다. 국가 테두리 안에 들어오지 않았다는 이유만으로 야만인이라 불리며 소위 문명인의 반열에서 지워진 사람들에게도 그들만의 언어와 조직은 있었다. 오히려 국가에 속하지 않아 세금이나 부역 의무, 그리고 통치로부터 자유로운 방임 생활이 가능했다. 당시 국가는 관료 조직을 통해 문명화라는 명분을 내세워 국민을 통제하고, 감시와 전쟁을 거듭하며 국가에 대한 충성심을 지속적으로 길러 내야만 유지될 수 있었다.

집을 가리키는 단어 '도무스'는 씨앗과 곡식의 저장소, 혹은 인간이 사육하던 짐승들을 모아 놓은 공간을 의미한다. 이곳에서는 개와 돼지 같은 가축은 물론이고 쥐나 세균처럼 불러들이지 않은 존재들까지도 함께 생활했다. 인류가 농경 생활과 더불어 국가라는 이름 아래 몰려 살기 시작하면서부터 전염병, 만성적인 질병들과의 공존이 시작된 셈이다.

농경은 채집이나 수렵 생활에 비해 건강 측면에서도 해로웠다. 사망률 또한 훨씬 높았다. 채집 수렵민은 기름기가 적고 단백질이 풍부한 식단을 유지하면서도 격렬한 신체 활동을 병행해야 했으니 어찌 보면 당연한 결과겠다. 또한 농경 생활은 곡물 식단으로 유아가 젖 떼는 시기를 앞당겼고, 탄수화물 섭취를 늘려 여성의 배란을 촉진하고 가임 기간은 증가시켰다. 즉 농경민은 더 빨리, 더 많은 아이를 낳을 수 있게 되었고 이는 국가 유지 차원에서 유리했다. 성이나 성벽을 높이 쌓은 것도 국가의 재산과 자원을 보호하는 한편 백성들이 도망가지 못하도록 막기 위함이었다. 문자의 발명과 보급 역시 국가의 통치와 행정 조치들을 효과적으로 행하기 위해 필요한 것이었으며 노예제는 국가 경제를 유지하는 데, 특히 지배 계층이 사치스런 생활을 유지하는 데 불가피한 제도였다.

이 책은 농경 생활이 국가를 만들어 낼 수 있었던 또 다른 이유에 대해서도 고찰한다. 농사를 통해 수확한 쌀이나 보리는 비교적 오래 보관할 수 있고 산출량을 헤아리기도 쉬워 채집 생활에서와 달리 세금을 거두기 수월했다는 것이다. 실제로 이러한 이유로 밀, 보리, 쌀 등을 최고의 정치 작물로 규정하기도 한다.

이처럼 저자는 농경의 시작을 국가 성립의 관점에서 풀고 있는데, 읽다 보면 약간의 인류학적 지식이 필요한 부분도 존재한다. 그래서 마냥 술술 읽힌다고는 할 수 없으나 제목처럼 농경 사회 속 감춰진 국가라는 이중적인 가면을 발가벗기는 흥미로운 내용들이 계속 다음 페이지로 넘어가게 한다. 어쩌면 이 책은 '국가의 배신'이 더 어울리는 제목일지도 모르겠다.

4
환경

가끔은 포장된 길을
벗어나야 하는 이유

가끔은 포장된 길을 벗어나야 하는 이유

가장 큰 문제는 현재 인류가 너무 많은 쓰레기를 만들어 내는 삶에
길들여져 있다는 사실이다. 그 어떤 기발한 개선책이 발표되더라도
개개인이 먼저 변하지 않고서는 무의미하다. 청바지 한 벌을 만드는 데
3천에서 1만 리터의 물이 사용된다고 한다. 그저 옷 하나 사는
단순한 행위조차도 환경 오염과 연결되어 있다는 말이다.
환경에 관한 한, 변해야 변화시킬 수 있다는 사실만이 오직 진리인 셈이다.

'바다에 버려지는 해변 쓰레기는 무엇이 있을까' 중에서

수구에 살고 있는 인간은 물을 알아야 한다

『물은 비밀을 알고 있다』

최종수, 웨일북, 2023

30년간 물만 연구한 물 박사가 쓴 이 책을 한마디로 요약하자면 '물의 인문학'이다. 우리가 살고 있는 행성은 육지보다 바다가 훨씬 넓다. 만약 외계인이 본다면 지구地球가 아니라 수구水球라고 부를지도 모른다. 그런데 정작 우리가 먹고 사용할 수 있는 물은 전체의 0.1퍼센트도 채 되지 않는다. 지구에 존재하는 물의 총량은 14억 세제곱킬로미터로, 지구 표면을 이 물로 둘러싸면 무려 2.7킬로미터 높이로 덮을 수 있는 어마어마한 양이다. 한번 상상해 보자. 수심이 2.7킬로미터나 되는 해저에서 사는 것과 다름없는 셈이다.

물이 우리의 생활과 직접 관련되는 것 중 하나가 화장실이다. 예전에는 화장실에서 나온 오물을 하천으로 바로 내보냈고, 이로 인해 전염병이 퍼져 많은 사람들이 죽었다. 산업 혁명이 시작되면서부터는 산업 폐기물까지 떠내려왔다. 그러다 1854년 영국에서 콜레라로 2만 3천 명이 목숨을 잃었는데 그 원인이 오염된 물이었다는 사실이 밝혀지면서 하수 처리 시설은 도시의 가장 중요한 문제로 대두되었다.

우리나라의 경우 1976년 청계천 하수 종말 처리장의 설치를 기점으로 지금은 95퍼센트의 하수가 정화를 거쳐 처리되고 있다. 또 대표적 기피 시설인 하수 처리장이 도심의 휴식 공간으로 재탄생한 사례도 있는데, 용인의 수지 레스피아가 그것이다. 이곳 지하에는 하수 처리 시설이 있고, 지상에는 스포츠 센터와 문화 복합 공간이 자리한다. 하지만 이렇게 처리하여 내보내는 방류수에 대한 인식이 좋지 않아 제대로 활용되지 못하고 버려지는 실정이다. 이러한 처리수를 잘 활용한다면 물 부족 문제를 해결하는 데에도 큰 도움이 될 것이다.

지구상의 물질은 고체가 되면 부피가 작아지고 무거워지는데, 그 반대인 것이 바로 물이다. 유일하게 고체가 액체보다 가벼운 물질로, 물은 얼음이 되면 부피가 커지고 가벼워진다. 만약 다른 물질들처럼 고체일 때 더 무겁다면 우리 생태계는 지금처럼 존재할 수 없다. 물보다 무거운 얼음이 가라앉으면서 그 아래에 있는 생명체들이 죽게 될 것이기 때문이다. 다행히도 물 위에 뜨는 얼음이 덮개 역할을 하여 수면 아래의 생명체들은 추위에도 얼어 죽지 않고 겨울을 난다.

물이 얼면서 부피가 커지는 현상은 풍화 작용에도 영향을 준다. 큰 바위가 물에 의해 풍화되면 갈수록 작아지다 마침내 흙으로 변하는데, 물이 얼음으로 바뀔 때 팽창하지 않으면 바위를 마모시켜 부드러운 흙이 되기 어렵다. 이렇게 만들어진 흙에서 식물이 자라고, 그 식물을 통해 동물도 생존한다. 물은 이처럼 우리 생명을 지탱한다.

재미있는 것은 빙산이 녹아도 해수면은 올라가지 않는다는 사실이다. 온난화로 남극이나 북극의 빙산이 녹으면 해수면이 상승할 거라고 생각하기 쉽지만, 그 부피가 다시 줄기 때문에 바다에 떠 있던 빙산이 바닷물에 녹아들어도 해수면의 높이는 달라지지 않는다. 해수면을 높이는 것은 빙산이 아닌 빙상과 빙하이다. 빙산과 달리 빙하는 육지를 덮고 있는 얼음이다. 그리고 남극 대륙과 같이 넓은 면적을 덮은 빙하를 가리켜 빙상이라고 한다. 현재 그린란드나 남극을 덮고 있는 빙하와 빙상이 다 녹으면 지구 해수면이 60미터나 높아질 것으로 예측되고 있다.

또 하얗던 얼음이 녹아 검푸른 바다가 되면 햇빛의 반사 정도가 달라져 바닷물의 온도 역시 올라간다. 그렇게 지구 전체의 해류가 바뀌고, 기후가 달라진다. 바닷물이 따뜻해지면 대기 중 이산화탄소 농도가 짙어지는데, 수온이 상승함에 따라 물속으로 녹아드는 기체의 양이 줄어들기 때문이다. 이산화탄소 농도가 진해지면 각종 환경 오염과 지구 온난화는 더욱 급격히 진행될 것이다. 저자는 이외에도 역사, 사회, 정치, 종교까지 망라하여 우리가 미처 몰랐던 물 이야기를 들려준다. 읽다 보면 우리 생명의 근원인 물에 대해 다시 생각해 볼 수 있을 것이다.

죽음과 생명을 한 몸에 품고 사는 나무 이야기

『**나무의 죽음**』

차윤정, 웅진지식하우스, 2007

참 멋진 책이다. 인간의 죽음만 생각하며 살아온 내게 나무의 죽음에 대해, 그리고 그 죽음이 얼마나 신비한 현상인지 가르쳐 주었으니. 숲속을 걸을 때면 죽은 나무가 쓰러져 부식되어 가는 모습을 보게 된다. 생명이 다하여 자연으로 돌아가는 것은 당연한 일이지만, 나무의 죽음은 숲을 살리고 수많은 존재들이 그 공간에서 새로운 생명을 잉태할 수 있게 해 준다. 그러니까, 꼭 필요하면서도 유익한 죽음이다.

삶과 죽음을 한 몸에 지니고 평생을 살아가는 존재. 나무의 죽음은 생각보다 긴 과정을 거친다. 바깥쪽은 계속 생장하면서 중심부는 또 계속 죽어 간다. 나무는 수피에서부터 사부층, 형성층, 변재, 심재로 구분된다. 외부는 나무가 생존하는 데 필요한 영양분을 공급하는 수피나 사부 조직으로 이루어져 있다. 중심부인 심재는 세포질이 빠져나가면서 속이 텅 빈 세포 형태로 바뀐다. 동물들이 분해하기 힘든 셀룰로오스나 리그닌 같은 탄소 중합체만 남는 것이다.

나무가 많으면 공기가 좋아지는 까닭은, 누구나 알다시피 나무들이 광합성을 통해 이산화탄소를 탄수화물로 전환하여 자기 몸속에 축적하고 산소는 밖으로 내보내기 때문이다. 그런 면에서 나무는 거대한 이산화탄소 덩어리인 셈이다. 우리가 나무를 심고 가꿔야 하는 이유 중 하나도 이산화탄소를 그 속에 잡아 두고, 우리 몸에 필요한 산소를 공급받기 위해서다.

또 한 가지 중요한 사실은 나무가 죽으면서 생물체에게 필요한 질소를 대량 공급한다는 점이다. 나무가 썩으면서 부식질이 될 때 나무와 공존하던 세균은 공기 중의 질소를 질소 화합물로 고정시킨다. 즉, 생태계에 중요한 자원인 질소를 평소 뿌리에 붙들고 살다가 다시 자연으로 돌려보내는 것이다. 또 썩어 가는 나무를 양분 삼아 생겨난 버섯으로 인해 나무가 본래 가지고 있던 것보다 더 많은 질소가 방출되기도 한다. 이렇듯 순환에 있어 나무는 살아서도 죽어서도 자연에게 많은 것을 되돌려 주는 절대적인 존재다.

나무가 죽으면서 남기는 줄기나 가지뿐만 아니라 잎도 마찬가지다. 숲이 오래되면 낙엽이 층층이 쌓이기 마련이다. 낙엽층은 낙엽 밑의 다양한 생물종과 땅의 수분을 보호한다. 그러다 시간이 지나면 다시 흙의 무기질로 돌아가 다른 식물들의 양분이 된다. 이 과정에서 중요한 역할을 하는 것이 균류와 버섯이다. 죽은 나무에는 많은 생물들이 서식한다. 지의류나 균류부터 이것을 먹이로 하는 유충과 벌레가 있고, 이 벌레들을 먹고 사는 딱정벌레 같은 곤충이 있다. 또 그 곤충을 먹는 새나 쥐가 있으며, 이들을 포식하는 뱀이나 더 큰 포유류가 있다. 이렇게 죽은 나무를 중심으로 커다란 생태계가 만들어지고 이들이 남긴 유기물이 숲을 자라게 한다. 결국 나무의 죽음은 또 다른 탄생인 셈이다.

이 책을 읽은 후로 숲에서 마주치는 죽은 나무들에 경외감을 갖게 되었다. 사람도 매 순간 각 부분의 세포들이 죽고 새로 생겨나는 과정을 되풀이한다는 점에서 나무처럼 몸속에 죽음을 품고 사는 존재이다. 따지고 보면 인간의 죽음도 지구 생태계 안에서 다른 누군가의 몸이 되거나, 어느 나무의 조직이 되거나, 곤충의 날개가 되는 과정에 재사용될 뿐이다. 우리는 나무의 죽음 앞에서 자연의 순환이라는 더 큰 차원에 눈을 뜰 필요가 있다. 소멸하여도 없어지는 것이 아니고, 태어났다고 영원한 것도 아니니 다만 겸허히 살다 가는 게 최선이리라.

잡초들의 놀라운 생존 전략

『**식물학 수업**』
이나가키 히데히로, 키라북스, 2021

풀이 눕는다
바람보다도 더 빨리 눕는다
바람보다도 더 빨리 울고
바람보다 먼저 일어난다

　김수영 시인의 「풀」이라는 시다. 이 시에서처럼, 풀은 밟혀도 다시 일어나는 불굴의 민초 정신을 상징한다. 그런데 이 책『식물학 수업』을 읽고 보니 풀의 속성은 우리가 알던 것과 전혀 달랐다. 위의 시가 꺾이지 않는 민주화 열망을 풀에 빗대어 큰 울림을 자아낸 것은 분명하지만, 풀의 생리를 들여다보면 그동안 우리의 관념이 꽤 엉뚱했음을 알게 되리라. 풀은 결코 다시 일어나지 않는다. 그리고 그것이 풀다운 속성이다. 김수영 시인이 읊은 풀이란 흔히 말하는 잡초다. 척박한 곳에 터를 잡고 살아가는 잡초는 밟히더라도 크게 다치지 않도록 아예 누워 자란다. 처한 환경을 이겨 내기 위해 몸부림치기보다는 씨앗을 확실하게 퍼뜨리는 쪽으로 선택적 진화를 한 것이다. 불가능을 가능케 하고자 에너지를 낭비하는 대신 가능한 것에 집중하는 생존 전략인 셈이다. 이처럼 힘이 부족할 때 잡초는 애써 그것을 극복하는 근성을 발휘하려 들지 않는다.

전원주택에서의 삶을 꿈꾸는 이들에게 이미 같은 경험을 한 사람들은 말한다. 한번 살아 보라고. 마당에 잔디밭이라도 있으면 그 집주인은 틀림없이 몸살을 앓게 될 것이다. 잔디는 깎을수록 번성하는 식물이다. 깎여 나가는 것에 완벽하게 대비된 그들은 오히려 이를 잘 자라라는 격려쯤으로 받아들이고 더 기세등등하게 몸집을 키운다. 이러한 볏과 식물은 생장점을 낮춤으로써 짐승이나 벌레에게 뜯어 먹히더라도 살아남는다. 줄기 끝에 달린 생장점을 하늘로 뻗는 대신 지면과 맞닿듯 눕혀 버리는 것이다. 이 상태에서 잎만 위로 향하니 좁은 잎이 길게 뻗어 올라가는 모습이 된다.

저자는 잡초가 가장 진화된 식물 중 하나라고 주장한다. 세상 변화에 그 무엇보다 민감하게 잘 적응하는 잡초는 선택과 집중에 능하다. 이러한 식물의 생존 전략은 한마디로 CSR 전략이라고 할 수 있다. C는 경쟁을 의미한다. 물, 햇빛, 흙 속의 영양분 등 작은 풀에서 거목에 이르기까지 식물에게 없어서는 안 될 이 자원들을 차지하기 위한 무한 경쟁에서 우위를 점하는 전략이 바로 C이다. 하지만 경쟁에 강한 식물이라고 다 살아남을 수 있는 것은 아니다. S는 스트레스 내성으로, 자원이 부족한 경우에는 C 없이 지내는 이 전략을 펼쳐야 한다. 대표적인 것이 선인장이다. 마지막으로 R은 교란 적응을 뜻한다. 황무지 같은 거친 환경에서 생육하는 능력을 강점으로 하는 전략이다. 자연계에서 모든 생물은 각자의 핵심 역량을 살리는 방향으로 진화했다.

잡초가 생겨날 때 흙까지 갈아엎으면 없앨 수 있을 거라 생각하기 쉽지만 전혀 아니다. 잡초는 끄떡없이 되살아난다. 땅 밑에 방대한 양의 씨앗을 저장해 놓았기 때문이다. 영국 밀밭을 예로 들자면 잡초 씨앗이 1제곱미터당 7만

5천 개나 있었다고 한다. 잡초가 자라나는 곳에는 이미 수많은 씨앗이 흙 속에서 발아되기를 기다리고 있는 셈이다. 풀은 뽑히는 순간 제 씨앗을 주위에 재빨리 흩뿌린다. 결국 이 씨앗들이 흙 사이사이 잘 섞이면서 오히려 더욱 퍼져 나가는 것이다. 자주 반복되는 변화란 강자에게는 달갑지 않은 일이겠지만, 약자 입장에서는 절호의 기회라 할 수 있다. 잡초는 어떻게든 그 기회를 붙잡아야 한다. 모두가 싹을 틔울 수는 없겠지만 가능한 많은 씨앗을 준비해 두고 최악의 경우까지 대비하는 잡초의 전략은 충격적이고 경이롭기까지 하다.

식물은 약해 보이지만 실상 지구를 정복한 존재이다. 어떤 상황에서도 식물들은 사라지지 않고 지구의 끝까지 살아남으리라. 그들의 생존 전략이 인간에게 주는 메시지는 많은 상상력과 벅찬 감동을 불러일으킨다. 세상에 식물만 한 스승은 없다고 감히 말해 본다.

이기적으로 태어나 공공적으로 죽는 생물 이야기

『생물은 왜 죽는가』

고바야시 다케히코, 허클베리북스, 2022

생물은 왜 죽는가? 참 이상한 질문이다. 하나의 세포로 살아가는 단세포 동물에게도 죽음이 있다. 모든 생물은 죽음이 전제되어서, 처음부터 죽기 위해 태어난 존재들이라고도 느껴진다. 그렇다면 질문을 바꿔야 한다. 왜 죽음이라는 게 존재하는가? 생물들은 죽음을 통해 무엇을 실현하려는 것인가? 바로 이러한 물음에 이 책은 과학적으로, 또 철학적으로 대답한다.

죽음은 번식과도 관계가 있다. 번식 직후 생을 마감하며 다음 세대와 배턴 터치하는 종이 있는가 하면, 자신의 죽음을 다음 세대의 영양분으로 제공하고 사라지는 곤충도 있다. 식물의 죽음도 그 주변 환경에 거름으로 환원되는 공공적인 희생이다. 이 책에서 말하는 생물의 죽음은 선택과 변화를 위해 존재한다. 죽지 않는다면 생물 다양성에 기여하지 못하는 것이다.

대다수의 생물이 유성 생식을 한다. 이 생식법은 생물 다양성을 위한 진화로 생겨났다. 서로 다른 염색체를 가진 존재끼리 교접하고 번식해야 다양한 유전자를 보유할 수 있기 때문이다. 유전자가 수백만 개에 이르면서 환경에 적합한 종이 등장하고, 선택과 변화에서 살아남은 것들이 생존에 유리한 유전자를 가진 채 널리 번식한다.

생물에게 죽음은 전혀 철학적이지 않다. 다음 세대에게 유리한 유전자를 남기는 데 필요한 변화를 꾀하려 소멸과 생성을 반복할 뿐이다. 모든 세포는 일정 기간이 지나면 자연스럽게 노화 과정을 거쳐 죽도록 설계되어 있다. 인간의 세포는 4년마다 새로운 세포로 분열하는데, 이를 50번 정도 반복하면 죽게 된다. 만약 세포 분열을 늦출 수 있다면 그만큼 더 오래 살 수도 있다. 방법은 간단하다. 이론적으로는 대사 속도를 최대한 줄이면 된다. 즉, 가능한 적게 먹고 적게 활동하는 것이다.

이 책에 등장하는 벌거숭이두더지쥐는 무려 30년을 사는데, 번식은 여왕쥐가 하고 다른 쥐들은 일을 거의 하지 않는다. 대신 저산소 운동을 하면서 조금만 먹는다. 이들은 산소가 부족한 지하에 살아 산소 없이도 20분을 버티고, 체온이 낮아서 이를 유지하기 위한 에너지가 그리 필요하지 않기 때문에 많이 먹을 필요도 없다. 하지만 일반적으로 쥐의 수명은 고작 2년 정도이다. 빨리 많은 새끼를 낳고 일찍 죽는다. 쥐는 다른 종들에게 잡아먹힐 확률이 높아 세대 교체가 빠르게 이루어지도록 진화한 것이다.

생물은 죽음을 통해 탄생하고, 진화하고, 대를 이어 살아간다. 노화로 힘이 다한 존재는 죽고, 더 나은 유전자와 에너지를 가진 개체가 태어나 번식을 반복한다. 그러므로 다른 존재를 위해 죽는 존재는 이타적이라고 할 수 있다. 하지만 우리 인간이 죽음을 두려워하는 진짜 이유는 죽음 그 자체보단 사랑하는 이들과의 단절에 있다. 죽음으로 인한 사회적 관계 단절을 더 걱정하는 것이다.

그런 까닭으로 인간에게는 죽음에 대한 성찰이 필요하다. 생물이 왜 죽는지보다 죽음을 어떻게 바라보아야 하는지가 더욱 중요한 논제이다. 죽음에 대해 명쾌한 철학을 가지고 있다면 더욱 의미 있는 삶이 될 것이다.

이 세상에서 모기가 사라진다면?

『모기가 우리한테 해 준 게 뭔데?』

프라우케 피셔·힐케 오버한스베르크, 북트리거, 2022

만약 이 세상에서 모기가 사라진다면, 연인들이 사랑을 고백하는 밸런타인데이도 없어진다. 대체 무슨 말일까? 하지만 이는 사실이다. 지구상의 모기는 수천 종에 달하는데 그들은 조류, 작은 박쥐, 어류, 파충류, 양서류 등의 중요한 먹이군이다. 특히 모기의 유충인 장구벌레는 수많은 곤충과 동물들을 먹여 살리고 있다. 또한 모기는 벌과 나비처럼 식물의 수분을 돕기도 한다. 그중에서도 좀모기과는 카카오꽃의 거의 유일한 수분자다. 카카오꽃은 너무 작고 구조가 복잡해 3밀리미터가 안 되는 좀모기만이 꽃가루를 옮길 수 있다. 좀모기가 사라지면 카카오는 열매를 맺지 못하고, 결국 초콜릿으로 사랑을 고백하는 밸런타인데이도 존재할 수 없다.

이 책은 모기를 예로 들어 생물 다양성이 얼마나 필요한지 이야기한다. 개념적으로 생물 다양성은 지구상에 서식하는 생물의 다양함을 뜻한다. 그것은 종의 다양성, 종 내 유전자의 다양성, 종들이 살아가는 생태계의 다양성을 포함한다. 즉, 그 모든 다양성이 서로 조화롭게 공존해야 생물 다양성은 의미를 가질 수 있다.

지구에 얼마나 많은 생물이 있는지 명확히 밝혀진 바는 없지만, 그중 11만 6천 종 이상을 조사한 결과 27퍼센트인 3만 1천 종이 멸종 위기 상태로 분류되었다. 과학자들은 포유류의 25퍼센트, 조류의 14퍼센트, 곤충의 40퍼센트가 멸종 위기에 처해 있다고도 말한다. 이러한 예측은 모두 추정이긴 하나 많은 생물들이 멸종 위기라는 징후는 이미 다양하게 나타나고 있다. 생태계가 파괴되는 이유로는 서식지 변화, 천연자원의 남용, 토지 오염, 외래종 침입 등이 있지만 밀레니엄 생태계 평가에서 지목한 가장 중요한 원인은 기후변화였다. 기온이 오르고 공기가 건조해짐에 따라 추운 지방에서 번식하던 종들의 번식지가 점점 좁아지다 끝내 없어지리란 것이다.

사실 생물 다양성을 회복하는 가장 좋은 방법은 생태계를 교란하는 존재인 우리 인간이 사라져 주는 것이다. 인간이 없어도 지구는 잘 돌아갈 것이며 공룡이 이 땅에서 갑자기 사라졌을 때처럼 또 다른 생물이 출현할 뿐이다. 반대로 생태계가 사라지면 인간 역시도 존재할 수 없다. 최근 지속 가능한 방식으로 지구를 이용하고 생태계를 보존하자는 운동이 일어나는 것도 이런 까닭에서다.

1992년 리우데자네이루 유엔 환경 개발 회의에서 생물 다양성 협약이 맺어졌다. 자연은 기본적으로 보호받을 권리가 있다고 선언함과 동시에 생물 다양성이라는 고유의 가치를 인지하고 현재와 미래 세대를 위해 이를 지속 가능한 형태로 이용하며 유지하기로 결의한 것이다. 이 협약은 국제법적 효력을 지니고 있어 이를 승인한 국가는 반드시 따라야 한다. 회원국들은 생물 다양성을 위한 전략을 구상하고 2년마다 당사국 총회를 열어 진척이 있는지 살펴보기로 했다. 지금은 처음 계획만큼 이행되지는 못하고 있지만 세계가 생물 다양성의 필요성을 깨닫고 행동하기 시작했다는 점에서 충분히 의의가 있다. 고래와 악어 보호가 그 대표적인 예인데, 이들은 다시 개체 수를 늘리면서 생태계에서의 역할을 잘 수행하고 있다.

책에서 유독 흥미로웠던 건 '생물 다양성과 도시'에 대한 내용이었다. 우리나라만 해도 전체 인구의 90퍼센트가 도시에 몰려 있다. 아스팔트와 콘크리트에 덮여 빗물이 스며들지 못하는 땅에 폭우라도 내리면 도시는 마비되기 일쑤다. 도시의 확장은 이런 부작용을 낳을 수밖에 없고, 그래서 녹지화와 재자연화라는 개념이 도시를 계획할 때 반드시 필요하다. 곳곳에 녹지를 조성하면 빗물을 스펀지처럼 흡수하는 구역이 그만큼 늘어날 뿐 아니라 도시 온도도 내려간다. 도시가 시원해지면 냉방 기기를 덜 사용해도 되고, 결과적으로 냉방 기기가 배출하는 이산화탄소를 줄일 수 있다.

모든 생물과 자연은 그 자체로 보호받을 권리가 있다. 호주 울루루 지역 부근의 원주민이나 미국 블랙힐스산맥의 라코타족이 가진 사고방식이 이러하다. 생물 다양성은 모든 생물에게 중요하고 이제는 인간 중심 사고에서 생물 중심 사고로의 전환이 일어나야 할 때다. 인간도 언젠가 자연으로 돌아가야 하는 자연의 일부이기에 생태계를 보존하려는 노력은 결국 인류를 보존하기 위한 일이다. 이러한 인식의 개선이야말로 이미 6차 대멸종의 초입에 들어선 시간을 되돌릴 수 있는 시급하고도 거의 유일한 방법이다.

식물을 잠시 대변해 보자면

『식물을 위한 변론』
맷 칸데이아스, 타인의사유, 2022

　무언가를 변론하는 것은 기존에 잘못 알려진 사실이나 오해의 시시비비를 따져 바로잡는 일이다. 흔히 식물이라는 존재와 그 가치를 동물에 비해 제대로 인식하지 못하는 경우가 많은데, 지구에 식물이 출현한 시기는 4억 5천만 년 전이고 인류는 200만 년 전에 불과하다. 인간보다 훨씬 먼저, 그리고 오래 지구에서 살아온 생명체를 우리는 이용 대상으로만 생각할 뿐 제대로 이해하려 들지 않는다.

　식물의 세계는 우리가 아는 것보다 복잡하고 다양하다. 이러한 식물들의 삶을 관찰하면서 그 세계에 빠져 보는 것은 무척이나 흥미진진하고 유익한 일이 아닐 수 없다. 저자 맷 칸데이아스는 이 책의 제목과 같은 팟캐스트를 운용하면서 식물의 여러 가지 모습을 방송과 저작으로 세상에 알리고 있는 미국의 생태학자다. 그는 식물을 무리하게 의인화하는 것은 과학적이지 않다고 말한다. 식물에게는 뇌가 존재하지 않는다. 신경계도 없고, 중앙 처리 장치도 없다. 이들은 화학 물질을 발산하며 내보내는 신호를 통해 작동하기 때문에 식물의 마음을 이해한다는 것도 있을 수 없는 일이다.

그러나 진화에 있어서만큼은 뇌를 지닌 동물보다 월등히 앞선 존재다. 동물처럼 움직일 수 없는 식물은 우리가 생각하는 것 이상으로 환경에 적응하여 후세를 이어 간다. 정말 뇌가 있거나 외계에서 온 생명체가 아닐까 하는 의심이 들 정도다. 우리가 알지 못한다고 존재하지 않는 것이 아니며, 길거리에 아무렇게나 자라고 있다 해서 하찮은 것도 아니다. 인간이 없어져도 식물은 이 초록별에서 여전히 살아갈 것이 틀림없다. 인류가 출현하기 훨씬 이전부터 그랬듯이.

반대로 식물이 사라지면 지구상의 모든 동물도 사라진다. 동물은 식물이 광합성으로 만들어 내는 당이 없으면 생존하지 못하기 때문이다. 흥미로운 점은 식물들이 광합성으로 빛과 물, 영양소를 얻으려 서로 경쟁한다는 점이다. 숲은 언뜻 조용한 식물들의 낙원처럼 보이지만 살아남기 위해 그 어느 곳보다 치열하게 밟고 밟히는 전쟁터다. 이들이 상호 작용을 하며 공존한다고 보는 것은 제멋대로 해석하는 인간의 착각일 뿐이다. 식물은 다른 생물과 마찬가지로, 의도적으로 이타주의를 실천하지 않는다. 최대 이익을 얻기 위해 다른 존재에 기생하거나 죽이기를 서슴지 않는다는 말이다.

식물과 가장 가까운 동물은 곤충이다. 곤충은 식물을 통해 영양분을 얻고, 수분을 도와 식물이 번식하게 하며 때로는 식물의 먹이가 되기도 한다. 이처럼 서로 도움을 주고받는 것 중에는 균도 있다. 특히 균근균은 식물 뿌리에 침입하여 그 영양분으로 생활하면서, 뿌리가 직접 닿을 수 없는 토양의 무기 성분을 공급받게 해 준다. 나무마다 이런 균들과 공생 관계로 얽혀 있다. 터를 함부로 옮기면 나무가 죽기도 하는 이유다.

이 책은 식물의 성생활에 대한 이야기도 들려준다. 수분은 다양한 형태로 이루어지는데, 벌이나 나비가 대부분인 매개체 중에서 톡토기라는 존재는 매우 특별하다. 눈에 잘 띄지 않을 정도로 작은 벌레인 톡토기는 지붕빨간이끼의 수분을 돕고, 지붕빨간이끼는 톡토기에게 살 곳을 마련해 준다. 딱정벌레도 비슷한 경우인데, 이들은 소철의 구과에서 짝짓기를 하고 알을 낳는다. 그리고 알에서 나온 딱정벌레는 여기 저기 꽃가루를 묻힌 채 다른 소철나무로 간다. 한편 나비는 생각보다 별로 실력이 없는 매개체이지만 나방은 수분 작용의 스타로 불린다. 그 입지가 어느 정도냐면, 조도만두나무는 나방을 포로로 잡아 자신의 꽃가루를 먹이고 열매 안에 알을 낳게 한다.

곤충이 없는 곳에서도 수분은 이루어진다. 선인장은 박쥐를 통해 수분을 하고 모리셔스섬의 초롱꽃은 도마뱀을 이용하기도 한다. 번식은 가장 많은 에너지가 요구되는 과정으로, 수분을 하는 식물은 보통 매개체에게 합당한 보상을 제공하지만 단지 이용만 하는 경우도 있다. 식물의 세계는 이렇게 복잡다기하다.

식물의 식생에 대한 사실들도 흥미롭다. 기억에 남은 것 몇 가지를 소개하자면, 우선 야자나무의 일종인 소크라테아 엑소르히자는 스스로 걸어 다닐 수 있다. 이 나무는 기울어진 장대 같은 긴 뿌리를 지상으로 뻗어 또 다른 장소로 이동한다. 뿌리를 지상으로 1미터 정도 내밀어 그 위에 줄기를 뻗는 방식으로 옮겨 가는 것이다. 적당한 곳에 정착하고 나면 이동에 사용된 뿌리는 썩어서 사라진다.

똥을 먹는 식물도 있다. 보르네오섬의 벌레잡이풀은 대변을 먹고 산다. 곤충을 비롯한 동물의 대변이 질소를 공급해 주기 때문이다. 쥐가 이 풀의 포충낭 사이로 와서 달콤한 즙을 먹은 후 똥을 싸고 가면 벌레잡이풀은 그 똥에서 영양소를 얻는다. 그런가 하면 식물을 먹는 식물도 있고, 다른 식물이 배출한 꽃가루를 섭취하는 벌레잡이제비꽃이라는 것도 있다. 또 자신의 몸속에 세균이나 해조류를 살게 하여 그들로부터 영양분을 제공받는 경우도 있다. 참으로 다양하고도 기발한 방식으로 생존에 필요한 것들을 구한다. 바로 이것이 4억 5천만 년이나 이 땅에서 식물들이 번성할 수 있었던 비결이다.

이 책에 나오는 식물들의 이름은 하나같이 낯설고 어렵게 느껴지는데, 저자는 그러한 식물의 다양성이 소실되는 것을 우려하고 있다. 기후 변화로 인해 그들의 서식지는 빠르게 줄어드는 중이다. 서식지가 사라지면 그곳의 식물이 사라지고, 그 식물을 섭취하는 곤충과 그 곤충을 먹이로 하는 생태계도 사라진다. 미세한 균류나 미생물 등도 마찬가지다. 한번 잃은 서식지를 복원하는 데는 많은 시간이 걸린다. 저자는 생태계를 보존하는 것도 중요하지만, 동시에 무너져 버린 생태계를 복원하는 노력도 필요하다고 말한다. 이제는 인류가 더욱 적극적인 행동을 펼쳐야 할 때다. 무슨 대단한 캠페인이나 운동에 당장 뛰어들자는 게 아니다. 식물의 이름을 알고, 그 식물이 살아가는 법을 배우고, 다른 생명체를 어떻게 부양하는지 깨닫는 것부터 시작하면 된다.

인류는 기후 변화 문제를 어떻게 해결할 것인가

『2050 거주불능 지구』

데이비드 월러스 웰즈, 추수밭, 2020

　지구에 생명체가 등장한 이래로 다섯 차례의 대멸종이 있었는데, 그중 네 번이 온실가스에 의한 기후 변화 때문이었다. 그리고 지금 인류는 여섯 번째 대멸종을 향해 가는 중이다. 모두가 알다시피 산업 혁명으로 땅속에 있던 석탄과 석유를 마구 캐내면서 탄소 사용량이 폭증했는데, 최근 30년간의 사용량이 인류가 지난 200만 년 동안 사용한 것의 절반에 해당할 정도이다. 계속 이런 속도로 탄소를 쓰다 보면 2050년에는 지금보다 기온이 2도 더 오르고, 2100년에는 4도까지 오를 것으로 전망된다.

　기온이 4도 더 오를 경우 얼음 모자를 쓴 알프스산맥의 눈은 완전히 녹아 버리고 만다. 적도를 포함한 아프리카, 호주, 미국 등 많은 곳은 더 이상 사람이 살 수 없는 땅으로 변할 테다. 수많은 사람들이 기후 난민으로 떠돌게 되는 것이다. 그래서 파리 협약과 도쿄 의정서를 통해 인류가 지켜 내야 할 지구 온도의 상승 마지노선을 2도로 못 박고, 모든 나라가 탄소 감축을 위해 노력하기로 약속했다. 하지만 그 약속이 제대로 이행되지 않는 실정이다. 더구나 가장 많은 탄소를 배출하고 있는 미국이 파리 협약에서 탈퇴하면서 전 지구적 협력도 요원해졌다.

기후 변화로 인해 나타날 현상을 이 책에서는 12가지로 설명한다. 일단 지구 온도의 상승으로 남극과 북극의 빙하가 녹아내리면서 해수면이 상승함에 따라 많은 도시들이 침수 위험에 노출될 것이다. 또 빙하가 녹으면 그 안에 들어 있던 현재 대기 중 탄소의 두 배나 되는 메탄이 지구 온난화를 부채질할 것이고, 더욱 극심해진 여름철 폭염은 많은 사람들의 목숨을 앗아 갈 수 있다. 가뭄과 태풍, 홍수 등도 빈번해져 이전과는 비교할 수 없는 막대한 피해가 생겨날 것도 분명하다.

저자는 이와 같은 지구 공동체적 문제 해결을 위한 대안에 대해서도 강조하고 있다. 지구가 이 이상으로 뜨거워지면 새로운 외계 행성을 찾아야 할 거라며 다들 농담 반 진담 반 말하곤 하지만, 당장의 기후 변화를 막기 위해 노력하는 것이 현실적으로 가능성 있는 해결책이다. 지구 온난화는 공중 보건, 국가 간 충돌, 정치, 식량 생산, 대중 문화, 도시 생활, 정신 건강 등 다양한 분야에 영향을 미치고 있는 현안이다. 그러나 모두들 그저 먼 미래의 일로만 받아들이거나, 갑작스런 기술 혁신을 통해 이런 문제가 일거에 해결되기를 기대한다.

하지만 안타깝게도 지금의 생활 방식을 고집한다면 꽉 막힌 차고에서 공회전하는 차에 갇혀 죽음을 기다리는 수밖에 없다. 기후 변화로 가장 큰 타격을 입는 것은 지구가 아닌 인류이다. 지구는 오히려 인류가 사라진 후에 다시 본연의 모습으로 돌아갈 것이기 때문이다. 우리는 지구의 변화를 이겨 낸 것이 아니라 적응하며 지금껏 살아왔고 앞으로도 살아가야 하는 존재일 뿐이다. 현재 이 행성에서 일어나는 기후 변화 문제는 오로지 인간의 과다한 탄소 사용 때문이고, 이를 개선하지 않으면 자연은 인류를 지구에서 아예 도태시켜 버릴 것이 분명하다. 앞으로 길어야 30년, 위기에 처한 기후 변화의 방향을 돌릴 수 있는 마지막 시기가 아닐까. 지구에서 살아남을지 영영 사라질지, 기로에 설 날이 머지않았다.

바다에 버려지는 해변 쓰레기는 무엇이 있을까

『우리가 바다에 버린 모든 것』

마이클 스타코위치, 한바랄, 2023

내가 이끌고 있는 걷기 모임인 순례길학교의 회원들과 인천 섬 갯티길을 걸을 때면 해변에 떠밀려 온 쓰레기를 줍는 시간을 가지곤 한다. 이를 '플로깅 plogging'이라고 하는데, 줍는다는 의미를 가진 스웨덴어 '플로카 업 plocka upp'과 천천히 달리는 운동을 뜻하는 '조깅 jogging'이 합쳐진 신조어다. 우리나라는 삼면이 바다로 둘러싸여 있고 섬도 3,800개나 되어 해변에 쓰레기가 많이 쌓인다. 그중 내가 본 것은 대부분 어구였다. 어업을 하다 필요 없어진 그물이나 배에서 나온 쓰레기들이 버려져 있었다.

쓰레기가 있다면 치워야 한다. 하지만 그보다 먼저 쓰레기를 가능한 적게 만들어야 한다. 세상의 커다란 변화를 이끌어 낸 공공 정책들은 모두 개인으로부터 비롯된 풀뿌리 운동의 결과이다. 처음 문제를 인지한 누군가가 해결책을 모색하면서 모든 변화가 시작되었다. 해변 쓰레기도 마찬가지다. 불필요한 물건은 아예 해변에 가져가지 않고, 쓰레기가 발생하면 반드시 쓰레기통에 버리거나 집으로 다시 챙겨 가는 개인적인 노력부터 시작하면 된다.

해변을 깨끗이 하기 위한 프로그램에 참여해 보는 것도 좋은 방법이다. '반려 해변'도 그중 하나로, 자신이 사는 곳에서 가까운 해변을 반려 해변으로 삼아 틈틈이 청소도 하면서 건강하게 지키자는 운동이다. 또 9월 중순에는 국제 연안 정화의 날이 있는데, 매년 80만 명이 이날 함께 해변뿐 아니라 호수와 천변까지 대대적으로 청소하고 있다.

해변을 청소할 때는 몇 가지 준비물이 필요하다. 햇빛을 막아 줄 모자와 선크림, 적절한 신발, 마실 물, 장갑이나 집게, 응급 처치 키트, 쓰레기를 담을 다회용 용기나 봉투 등이다. 해변 쓰레기 중에는 날카롭거나 위험한 것들도 있어 뚜껑이 달린 단단한 용기도 준비하면 좋다. 한편 주의해야 할 점들도 있다. 뚜껑이 닫혀 있는 것은 함부로 열어선 안 되고, 특히 의료 폐기물 같은 위험물이 무더기로 나올 경우 절대 건드리지 않는다. 죽거나 다친 야생 동물도 만지거나 옮기지 말아야 한다. 그 밖에 해초나 유목, 해파리, 산호, 조개 껍데기 같은 자연물은 치울 필요가 없다.

해변에 버려지는 쓰레기 중 가장 문제가 되는 것은 미세 플라스틱이다. 일반적으로 크기가 5밀리미터 이하인 것을 미세 플라스틱, 그보다 작은 것을 나노 플라스틱이라고 한다. 그중 1차 미세 플라스틱에 해당하는 레진 펠릿은 모든 플라스틱 제품을 만들 때 사용되는 원재료인데, 바로 이것이 바다 오염을 일으키는 주범이다. 펠릿에는 DDT나 PCB 등 유독한 잔류성 유기 오염 물질이 함유되어 있다. 이는 거의 분해가 되지 않는 난분해성 물질로, 생태계에 계속 잔류하면서 인체는 물론이고 환경 전반에 심각한 위해를 끼친다.

2차 미세 플라스틱은 플라스틱 완제품이 부서지거나 마모되면서 생긴 것들이다. 합성 섬유로 만든 옷을 세탁할 때 발생하는 1만 개 내지 25만 개의 미세 섬유가 그 예이다. 이러한 미세 플라스틱은 수면에 떠 있는 오염 물질에 달라붙어 함께 떠다니면서 농축된 오염 덩어리가 된다. 그러다 해양 생물의 몸속에 들어가 쌓이고, 이를 다시 인간이 섭취하게 되는 것이다.

이 책에는 해변에 버려진 쓰레기들을 촬영한 사진이 다수 실려 있다. 그중에는 우리나라 해변에서 발견된 것들도 많았다. 우리 생활 주변에서 만들어지는 쓰레기들이 해변에서도 그대로 나온다고 생각하면 된다. 다만 해변의 경우 선박, 어업과 관련된 것들이 추가되었을 뿐이다. 이처럼 한번 배출된 쓰레기는 다시 자연으로 되돌아가기까지 너무 많은 시간이 걸린다. 자연에게 자정 능력이 있어도 환경이 계속 오염될 수밖에 없는 이유이다.

가장 큰 문제는 현재 인류가 너무 많은 쓰레기를 만들어 내는 삶에 길들여져 있다는 사실이다. 분리수거도 좋지만 우선 생활 쓰레기가 덜 생기도록 우리 삶을 미니멀하게 운용하려는 사고의 전환이 시급하다. 그 어떤 기발한 개선책이 발표되더라도 개개인이 먼저 변하지 않고서는 무의미하다. 청바지 한 벌을 만드는 데 3천에서 1만 리터의 물이 사용된다고 한다. 그저 옷 하나 사는 단순한 행위조차도 환경 오염과 연결되어 있다는 말이다. 환경에 관한 한, 변해야 변화시킬 수 있다는 사실만이 오직 진리인 셈이다.

기후 위기 대처로 경제 위기를 극복하는 법

『탄소버블』

박진수, 루아크, 2023

    기후 위기, 지구 온난화 문제는 이제 더 이상 거스를 수 없는 주제고 화두다. 인류가 지금과 같은 상황으로 몰리게 된 이유는 이기심 때문이다. 남보다 더 많이 소유하기 위해, 또 조금이라도 더 편하기 위해 석탄이나 석유 등 화석 연료를 폭발적으로 사용한 대가인 것이다. 화석 연료를 이용한 증기 기관이나 전기의 발명으로 인류는 경제적으로나 문명적으로나 눈부신 성장을 이루었지만, 그만큼 지구 대기에 탄소를 무차별적으로 방출하게 되었다. 탄소 중립을 위해서는 지금까지의 에너지 공급 방식이나 경제 성장 방식을 모조리 바꾸어야 하는데, 개혁에는 반드시 거센 저항이 따르기 마련이다. 이러한 환경 문제가 좀처럼 해결이 쉽지 않은 이유다.

    한번 배출된 온실가스는 200년 동안 사라지지 않는다고 한다. 그로 인한 피해가 어떻게, 얼마나 확대될지 모르겠다. 그러니 지금부터 온실가스를 줄인다고 해서 당장 지구 온난화를 멈출 수 있는 것도 아니다. 하지만 노력하지 않으면 상황은 더 빠르게 악화될 뿐이며, 지구는 결국 블랙아웃에 이르고 말 것이 자명하다. 지구촌의 각 정부가 이런 문제의 심각성에 동의하며 2006년

교토 의정서를 만들어 온실가스 감축을 약속한 바 있다. 하지만 미국과 캐나다가 탈퇴하면서 제대로 된 성과는 물 건너가 버렸고, 이제는 서로 미온적인 것이 현실이다.

기후 변화는 경제에도 나쁜 영향을 미칠 수밖에 없다. 따라서 기후 변화를 당위적인 문제로 보기보다는 경제적 관점에서 해결할 방법을 찾자는 것이 이 책의 주장이다. 사회적 탄소 비용은 그에 걸맞는 해결책 중 하나다. 온실가스 1톤을 배출했을 때 발생할 피해를 구체적으로 계산한 값을 뜻하는데, 이것이 중요한 이유는 그 비용을 경제 시스템 안에서 책임을 묻는 수단으로 사용할 수 있기 때문이다. 그리고 탄소를 배출한 사람에게 이런 비용을 물리기 위한 제도가 탄소세와 배출권 거래제, 내부 탄소 가격 정책이다.

탄소세는 온실가스 배출량을 기준으로 비용을 지불하게 하는 것이고, 배출권 거래제는 특정 온실가스 감축 목표 내에서 온실가스 배출 권리를 오염자 간에 상호 교환할 수 있도록 하자는 것이다. 내부 탄소 가격 정책은 공공 및 민간 인프라, 건설 프로젝트 등의 자본 조달 비용과 공공 예산 지출의 비용 편익 분석에 특정 탄소 가격을 실제 비용으로 반영하는 것이다. 다시 말해 국가가 시장에 개입하지 않으면서 탄소 배출원에 비용을 부과하여 탄소 감축을 유도하는 정책이다.

녹색금융 협의체는 온실가스 감축 기술의 발전, 경제 성장, 인구 전망 등 다양한 조건을 기반으로 온실가스 감축 및 탄소 가격 시나리오를 만들고 있다. 사회적 탄소 비용은 2022년 기준 톤당 51달러 수준으로 책정되어 있다. 2050년 탄소 중립 시나리오를 완성하고 지구 평균 기온 2도 상승을 저지하기 위해 우리나라는 2025년 기준 약 87달러, 2050년 기준 718달러의 탄소 가격을 도입해야 한다.

이 정도의 탄소 비용을 지불하고도 경제가 유지되려면 온실가스 사용을 더욱 적극적으로 줄여야 한다. 방법은 다양하다. 금융 기관의 경우 기후 위기에 대비하는 기업이나 단체의 대출을 유도하고, 그렇지 못한 기업에는 대출을 줄이도록 한다. 또 앞으로 일어날 기후 변화로 인한 손실 가능성을 리스크 프리미엄으로 계산하여, 기후 변화를 유발하는 산업 대신 저탄소 기술에 투자하거나 개발하는 기업 쪽으로 돈이 흘러가도록 해야 한다. 이에 따라 에너지 생산 방법, 공정, 소비 패턴을 바꾸는 데 들어가는 막대한 투자 비용이 원활하게 공급될 수 있도록 금융 시스템도 마련되어야 한다. 한편 이러한 방법들이 실효성을 지니려면 기업에서는 친환경 산업에 투자하는 것을 공시해야한다. 매년 기업 보고서에 탄소 배출을 얼마나 줄였는지, 탄소 감축 기술에 얼마를 투자했는지 명시하여 투자자나 금융 기관에 알리는 것이다.

우리나라는 2023년부터 녹색금융 분류 체계를 만들어 친환경 자본을 구분하고 있다. 이 책에서는 한국의 재생 에너지 비율이 5퍼센트에 불과하여 어려움이 있더라도 계속 그에 투자할 것을 권하고 있다. 한국 경제는 여전히 탄소 의존적이다. 너 늦기 전에 녹색금융을 제대로 개발하여 환경 분야에서도 우리 기업들이 두각을 드러내어 세계적 입지를 다지길 바란다.

똥으로 배우는 생태 순환

『**똥의 인문학**』

김성원 외 7인, 역사비평사, 2021

침, 땀, 콧물, 귀지, 고름 등 인간은 자신의 몸이 만들어 내는 것들을 더럽다며 기피한다. 이 가운데 똥은 인간의 사회화 과정에서 가장 먼저 통제되는 기피 물질이다. 태어난 후 일정 기간까지는 언제 배출하더라도 용인되지만, 어느 시기부터는 제때 싸지 않으면 온갖 꾸지람이 쏟아지기 시작한다. 인간의 사회화는 이렇게 배변 훈련을 통해 이루어진다. 똥은 더럽고 냄새나며 전염병을 퍼트리는 물질이자 남에게 함부로 내보이지 말아야 할 사회적 터부로 취급받는다. 심지어 똥을 똥이라 부르지 못하고 흔히 '변便'이라는 한자어로 치환하여 말한다. 순우리말 '똥'은 더럽지만 한자어 '변'은 그렇지 않다는 건지, 희한한 일이 아닐 수 없다.

문제는 인간이란 똥을 싸지 않으면 안 되는 존재라는 사실이다. 그리고 똥을 쌀 때 인간은 카타르시스를 느낀다. 정화와 배설을 의미하는 그리스 말에서 유래된 카타르시스는 마음의 상처나 응어리, 콤플렉스 등을 말과 행동으로 발산하는 일이다. 그때 쾌감과 함께 정신적 해방감을 느끼게 된다. 인간은 육체적으로든 정신적으로든 배설을 해야, 쌓였던 찌꺼기들이 소진되면서 감각의 균형을 유지할 수 있다는 이야기다. 농담 같지만, 똥은 인간의 사랑 메커니즘과 닮은 구석이 있다. 사랑해서 헤어진다는 역설은 똥에도 해당된다. 배설의 카타르시스로 해방감을 만끽하면서도 정작 거리를 두어야 하고, 똥 누는 즐거움을 남에게 공개하길 꺼리는 은밀한 이중성이 그렇다는 거다.

프로이트는 항문기를 아동 발달 단계상 아주 중요한 시기로 보았다. 이때 배변 훈련을 엄격히 시키거나 아이의 욕구를 잘 들어주지 않으면 항문 안에 똥을 축적하는 버릇을 갖게 된다는 것이다. 이는 한번 들어온 돈은 죽어도 내보내지 않는 자린고비 성격이 형성되는 원인으로도 작용한다. 유아 정신 분석 측면에서 똥은 곧 돈으로, 항문기의 똥은 아이에게 스스로 만들어 낸 최초의 생산물이자 보유물이며 사유화의 원초적 대상인 것이다. 유아가 똥을 자기 몸의 일부라고 생각하는 까닭이다. 프로이트에 따르면 항문기 똥에 대한 감각은 성장기 무의식 속 고스란히 억압되어 있다가 돈에 대한 습관에 투사된다고 한다. 그런 측면에서 똥을 잘 참는 사람은 원초적으로 자본주의에 적합한 감각을 지녔다고도 볼 수 있다.

불과 수십 년 전까지만 하더라도 똥은 진짜 돈이 되었다. 도시인이 만들어 낸 똥과 오줌은 사업가들에 의해 모아져 시골에 돈을 받고 판매되는 귀한 비료였다. 화학 비료가 쓰이면서부터 즉시 처리되어야 할 애물단지로 전락했을 뿐이다. 일본과 중국에서도 도시의 똥은 큰 이권이 걸린 사업이었다. 현대의 하수 처리 시스템은 상당한 양의 물을 필요로 한다. 한국인의 경우 하루 물 사용량의 25퍼센트에 해당하는 45리터를 수세식 화장실에서 똥오줌을 하수관으로 버리는 데 쓴다. 그렇게 슬러지화된 똥은 수도권 매립장으로 보내져 소각되거나 매립된다. 수세식 화장실을 사용함으로써 자원으로 환원되지 못하고 그냥 버려지는 똥도 문제지만, 그 처리를 위해 많은 물과 에너지가 사용되면서 탄소의 배출도 늘어나고 있다는 것이 더욱 심각한 일이다. 탄소 배출과 지구 온난화 위기를 줄이기 위해 이전처럼 똥을 다시 자원으로 활용하는 방법을 고민해 보아야 할 때다.

현재 우리가 똥 대신 사용하는 인공 비료의 주성분인 질소와 인이 생태계에 과다 주입되면서 토지가 오염되고 있다. 그 비료가 만들어지는 과정에서는 많은 양의 탄소가 생성된다. 똥이라는 귀중한 자원을 대신하는 것들이 오히려 자연을 파괴하고 있는 것이다. 기술 철학자 질베르 시몽동은 인간과 기술의 앙상블이 엔트로피의 증가와 비례하여 새로운 네겐트로피를 발생시키는 방향으로 진화되어야 한다고 주장한다. 네겐트로피란 엔트로피의 반대 개념으로, 에너지의 소모가 아닌 재생을 의미한다. 즉 에너지 낭비와 환경 오염의 위험을 더 이상 외면하지 말고 재사용 에너지의 활용과 오염 물질의 최소화를 위해 노력해야 한다는 말이다.

이 책은 똥을 싸는 사람에게 기본 소득을 제공하자고 제안하기도 한다. 똥이 쓸모가 있으니 먹고 싸는 사람에게 합당한 보상을 주자는 뜻이다. 어차피 똥은 그냥 버려지는 것이 아니라 인간에게 되돌아오고 마는 사이클을 기억해야 한다. 결국 인간이 만든 똥이 다시 인간이 먹는 음식으로 순환되는 전통적 세계관으로 돌아가야 할 테다. 그것이 인간과 자연, 모두가 사는 길이다.

5
인간

내 안에서 길을
잃지 않으려면

내 안에서 길을 잃지 않으려면

푸른 하늘과 빛나는 물결을 그저 바라보는 것조차 얼마나 눈물 나게
소중한 일인지, 아프기 전에는 도저히 알 수 없었던 가치를
질병이 일깨워 준 것이다. 그렇다. 절대적으로 해롭기만 한 것은 없다.
질병조차. 어쩌면 우연으로 이 세상에 오게 된 우리의 삶은
부서지기 쉬운 한 조각 행운 같은 것인지도 모른다.
어떤 상황이 닥치든 삶은 그 순간마저 특별한 가치로 존재한다.

'병으로부터 깨달은 삶의 가치' 중에서

인간이 실수를 반복하는 이유

『**인간의 흑역사**』

톰 필립스, 윌북, 2019

인간이 실수를 반복하는 이유는 뇌 때문이다. 우리의 뇌는 어떠한 상황을 쉽게 이해하기 위해 스스로 패턴을 만들거나 편법을 쓴다. 모든 것을 논리적으로 해석하고 분석하기보다, 어떤 부분에 대해서는 그냥 간단히 판단을 내려 뇌의 부하를 줄이려는 것이다. 이처럼 보다 편하게 판단하기 위한 요령이나 편법을 '휴리스틱'이라 부른다. 예를 들어 기준점 휴리스틱은 사전 정보가 부족할수록 처음 얻은 정보에 따라 결정이 크게 좌우되는 경향을 말한다. 뇌는 기준점이 정해지면 일단 거기서부터 가감하여 답을 찾아 간다. 또 가용성 휴리스틱은 모든 정보를 신중히 따지기보다는 무엇이든 가장 쉽게 띠오른 정보를 기준으로 판단하려는 경향이다. 우리는 최근의 사건이라든지 더 극적으로 기억에 남은 사실을 기준으로 현재의 상황을 이해하고자 한다. 그만큼 현실을 더 정확히 반영할 수도 있는 평범하고 시시한 정보들은 그냥 흘러보내게 되는 것이다.

이처럼 휴리스틱은 위급한 순간 신속히 판단해야 할 때나 일상에서 소소한 결정을 내릴 때는 도움이 되지만, 이성적인 내면의 소리에 귀를 기울이지 않는 성급함으로 오류를 범하게 만든다. 자신의 선택만을 옳다고 여기거나 일단 결정을 내린 후에는 다른 요소들은 개의치 않는 선택 지지 편향, 혹은 집단 사고 같은 것도 판단력을 흐리게 한다. 또 다른 인지 편향 현상으로는 '더닝 크루거 효과'가 있는데, 어떤 일을 잘하는 사람은 오히려 자기 능력을 과소평가하고, 잘 못하는 사람이 스스로를 과대평가하는 경향을 일컫는다.

이러한 인지 오류 때문에 우리 사회에서는 지속적인 실수들이 발생한다. 요즘 문제가 되고 있는 가짜 뉴스도 인지 오류 심리를 이용한 것이다. 인간의 편향성은 자기 입맛에 맞지 않는 부정적인 정보들에 대해서는 무시하도록 만들고, 자신이 틀렸다는 분명한 사실마저 인정하지 못하게 막는다. 여기에는 탐욕이 큰 역할을 한다. 탐욕은 도덕이나 법조차도 필요에 따라 왜곡하고 초월해 버린다.

이 책은 인지 편향 사고가 인간으로 하여금 얼마나 많은 실수를 남발하게 만들었는지 인류사의 다양한 사례를 통해 보여 준다. 가령 셰익스피어를 좋아했던 뉴욕의 사업가 시펠린은 셰익스피어의 책에 나오는 찌르레기라는 새를 유럽으로부터 들여와 뉴욕에 방사했다. 적응력이 뛰어난 이 새들은 순식간에 2억 마리 이상으로 늘어났다. 결국 무려 100만 마리가 넘는 찌르레기 떼가 밀밭과 감자밭을 덮쳐 북미 지역 전체에 어마어마한 피해를 입혔고 지금까지도 각종 질병을 인간과 가축에게 선사하고 있다. 한 사업가의 고상한 취미로 인해 북미에 엄청난 유해 동물이 등장하게 된 것이다.

무엇보다 대표적인 인간의 흑역사는 전쟁이다. 인간은 말도 안 되는 이유로 전쟁을 벌이며 수많은 목숨을 죽음으로 몰았다. 전쟁은 양동이를 훔쳐 갔다고 일어나는가 하면, 축구 경기의 승패를 계기로 발발하기도 했다. 영국과 스페인은 해적의 귀를 잘랐다는 이유로 전쟁을 벌이기도 했다. 이 책은 그 밖에도 외교나 식민지 정책, 정치 문제 등에서 인간이 얼마나 터무니없는 실수들을 연발해 왔는지 적나라하게 들춘다. 인간은 결코 완벽하지 않은 존재다. 집단적으로 엉터리 의사 결정을 하는 경우가 부지기수다. 위에서 말한 것처럼 우리의 뇌는 정확하지도, 확실하지도 않은 판단을 내려 일을 더 크게 만들곤 한다. 어쩌면 인류사의 끝 역시 그 바보 같은 결정에서 비롯될 것도 같다.

질병의 유통 경로 추적하기

『**질병의 탄생**』

홍윤철, 사이, 2014

우리 몸은 신비하지만, 많은 질병으로 망가지거나 생명을 잃기도 한다. 인류를 괴롭히는 질병들은 과연 왜, 어떻게 생겨난 것일까. 결론부터 말하자면 인간이 집단 생활로 모여 살기 시작하면서 점차 감염성 질병에 노출되었고, 이후 고도의 산업 사회로 접어들면서 환경이 파괴됨에 따라 전에 없던 새로운 질병들까지 창궐한 것이다.

지구는 빙하기와 간빙기를 오가며 추워졌다 따뜻해지기를 반복해 왔다. 지금처럼 농업이 가능한 간빙기는 1만 2천 년 정도 이어지는 중이다. 아프리카 사바나 기후 지역에서 원시적인 수렵 채취 생활을 영위하던 인간은 토양이 척박해지자 먹고살기 위해 위도가 높은 유럽과 아시아로 진출했다. 그리고 땅에 의존하여 농사를 짓기 시작하면서 한곳에 정주하게 되었다. 이처럼 안정적이고 예측 가능한 생활 패턴은 곧 인구 증가와 문명의 발전을 불러왔다. 국가가 태동하고 전쟁이 빈번해지자 무기와 농기구를 만들기 위한 청동기나 철을 다루는 기술이 쌓이면서 수공업과 산업 분야도 비약적인 진보를 거듭했다. 그러다 마침내 산업 혁명이라는 대변혁을 통해 인류는 배고픔에서 해방되었고 질적으로나 양적으로나 다른 차원의 삶을 영위할 수 있게 되었다.

하지만 그 과정에서 야기된 탄소의 과다 배출은 재앙으로 돌아오고 있다. 석탄과 석유의 무분별한 사용은 에너지의 대량 소비 시대를 열며 이전에 맛보지 못한 풍요를 선사했으나, 동시에 환경이 오염되고 지구의 온도가 치솟기 시작하면서 전혀 새로운 질병들이 퍼지는 원인을 함께 제공한 것이다. 고혈압, 고지혈증, 암, 환경 호르몬으로 인한 알레르기, 천식, 심장 질환 등은 모두 생긴 지 그리 오래되지 않은 질병들이다. 고대 인류의 흔적을 살펴보면 암은 거의 발견되지 않았고 비만으로 인한 문제도 극소수의 특수 계층에만 해당될 뿐, 지금처럼 일반적인 것은 아니었다.

과소비와 남용의 시대를 살고 있는 우리는 필요 이상으로 섭취하면서도 필요한 만큼 움직이지는 않아서 고도 비만의 한계 상황에 이르렀다. 뿐만 아니라 매년 생성되는 수천 가지 환경 호르몬으로부터 무차별적인 공격을 받고 있다. 전기, 전구의 발명은 수면의 양과 질에 영향을 미쳤고, 이는 다시 갖가지 질환의 원인이 된다. 익히 알려진 바와 같이 기억력과 인지 능력을 떨어뜨리며 만성적인 고혈압, 비만, 심장 질환, 정신 질환 등으로 이어지기도 한다. 한편 대사 질환의 경우 산업과 농업에서 사용되는 화학 물질의 증가와 관련이 있다. 우리의 면역 체계는 새로운 물질이나 자극에 이상 반응을 일으키는데, 아토피 피부염이나 천식 등의 알레르기 질환이 대표적이다. 병은 유전적 요인에도 기인하지만 환경 변화에 의한 것이 훨씬 더 많다.

저자는 질병에 걸리지 않고 건강을 유지하기 위한 세 가지 방법을 제시한다. 첫째, 생활 습관을 전환하여 유전자가 활동하기에 최적이었던 시기로 돌아가는 것이다. 식습관을 예로 들면 다양한 채소와 과일, 견과류, 어류, 그리고 오메가3가 함유된 불포화 지방산을 가까이하고, 포화 지방산이 많은 육류나 가공 식품 등은 멀리한다. 운동과 같은 신체 활동을 늘리고 흡연이나 음주를 줄이는 것도 모두들 알고 있지만 막상 실천하려니 어려운 습관 중 하나이다. 둘째, 인류의 안녕이 걸린 지구 환경을 보호한다. 자원 남용은 금물, 인간이 건강하려면 그 생존 터전이 먼저 건강해야 한다. 셋째, 인간의 유전자가 환경에 적응할 시간과 방법을 확보한다. 유전자 변이로 인한 환경 적응은 수천 년이 걸리기에 유전자 발현 프로그램의 변화를 통해 바뀐 환경에 적응해야 한다는 말이다.

질병의 발생을 인간이 최대한 막을 수 있는 방법은 이와 같다. 저자는 이 책 외에 『질병의 소멸』이라는 책도 냈는데, 그 전에 예방하려는 노력이 우선이다. 이 책이 나온 지 벌써 10년이 다 되었지만 그 사이 지구 환경은 더욱 심각한 악화 일로를 걷고 있다. 인류의 각성이 시급하다.

병으로부터 깨달은 삶의 가치

『아픈 몸을 살다』

아서 프랭크, 봄날의책, 2017

아픈 사람과 건강한 사람의 차이는 무엇일까? 누구나 살면서 두 가지 분명한 경험을 한다. 하나는 피할 수 없는 죽음이고 다른 하나는 크든 작든 한 번쯤 걸리고 마는 질병이다. 병에 걸리면 일종의 저주를 받은 것처럼 느껴지기도 한다. 아픈 사람들은 모두 병원에 가 있고 주위엔 온통 건강해 보이는 사람들뿐이라 왜 하필 나에게만 이런 시련이 왔는지 신을 원망하게 된다. 이처럼 질병은 우리에게 결코 찾아와서는 안 될 존재처럼 여겨지는데, 이 책의 저자 아서 프랭크는 죽음 직전에까지 이를 정도로 병마에 시달렸던 기억을 되살리며 오히려 질병의 소중함에 대해 이야기한다.

서른아홉 살에 심장 마비로 길에서 쓰러진 그는 주변의 도움으로 병원에서 간신히 깨어난 뒤 그동안 자신의 생활 방식에 문제가 있었다는 걸 깨닫는다. 멀쩡한 사람도 한순간에 저세상으로 가게 만드는 심장 마비는 타고난 체질도 체질이지만 무심코 행하던 생활 습관이 치명적인 원인으로 작용할 수 있다. 저자는 대학 교수로, 몸에 무리가 갈 만큼 바쁜 삶을 살아온 것은 아니었다. 다만 그의 오랜 달리기 습관이 생각지 못한 복병일 수도 있었음을 이때 인식한 것이다. 이 일로 저자는 건강의 소중함을 깨달았으나 15개월 후 고환에서 또 다른 이상 징후를 느끼게 된다. 결국 고환암이라는 진단을 받고 화학 치료와 수술을 거쳐야 했다. 심장 마비와 암을 순차적으로 겪으며 죽음의 문턱까지 다녀온 셈이다.

이 책에서 저자는 환자로서 느꼈던 소외감을 토로한다. 의사와 간호사는 자신을 그저 치료의 대상으로 대할 뿐, 인간적인 교감에는 무관심했다고 당시를 상기한다. 일단 환자의 입장이 되면 의사나 간호사뿐 아니라 가족과 친척, 주변 지인들에게도 서운한 감정을 갖기 쉽다. 환자의 고통은 제대로 헤아려 주지도 않고 곧 회복될 거다, 네 성격 때문에 암이 생긴 거다, 이런 막연한 위로나 핀잔을 건네니 마음을 다치기 일쑤다.

암 환자들은 곧 죽을지도 모른다는 공포에 짓눌려 한없이 위축될 수밖에 없다. 건강 관리를 소홀히 하여 환자 스스로 병을 키운 거라며 마치 인생의 실패자를 대하는 듯한 시선들도 편치 않다. 저자는 이러한 주변의 반응과 자신에게 공감해 주지 않는 의료진의 모습이 가장 힘들었다고 고백한다. 그러면서 환자는 건강한 삶이 얼마나 소중한지 알려 주는, 세상에 꼭 필요한 존재로 인정받아야 함을 강조한다.

그는 암이 완치된 후 덤으로 주어진 삶에 감격하며 하루하루를 이전보다 더욱 짙은 농도로 살아가게 되었노라 말한다. 푸른 하늘과 빛나는 물결을 그저 바라보는 것조차 얼마나 눈물 나게 소중한 일인지, 아프기 전에는 도저히 알 수 없었던 가치를 질병이 일깨워 준 것이다. 그렇다. 절대적으로 해롭기만 한 것은 없다. 질병조차. 어쩌면 우연으로 이 세상에 오게 된 우리의 삶은 부서지기 쉬운 한 조각 행운 같은 것인지도 모른다.

어떤 상황이 닥치든 삶은 그 순간마저 특별한 가치로 존재한다. 질병은 누구도 피할 수 없다. 피할 수 없으면 우리 삶의 일부로 인정하고 받아들이는 태도가 필요하다. 이 책이 전하려는 요지다.

세상에서 제일 맛있는 인문학

『밥상머리 인문학』
오인태, 궁편책, 2022

　　개다리소반은 혼자 먹는 밥상이다. 끼니 때우기가 어렵던 시절, 큰 어른들께서는 그 독상에 차려진 음식을 식구들이 먹을 수 있게 일부러 남기셨다. 이 책의 저자 오인태 시인도 늘 개다리소반에다 식사를 한다. 그가 차리는 밥상은 공깃밥에 반드시 국이 따르고, 두서너 개의 반찬이 있다. 사는 곳이 남해안이다 보니 그곳 해산물이 자주 오른다. 왜 이렇게나 정성을 들이는 걸까 궁금하지 않을 수 없었는데, 삶에 만족할 줄 알며 살아가는 한 인간의 따뜻한 뒷모습이 밥상에 보였다.

　　방송에 나오는 자연인의 생활이란 보통 종일 끼니를 준비하는 일의 반복이다. 자신의 밥상을 차리는 데 하루가 걸릴 수 있다는 걸 그때 깨달았다. 혼자 사는 삶도 자연인과 별반 다르지 않다. 현대인들은 통과 의례처럼 남이 차려 준 밥상을 순식간에 해치우고, 뚝딱 커피 한잔 마시는 걸로 식사를 마치기 일쑤지만 저자는 그러기를 거부한다. 정성을 들여 스스로의 밥상을 차리고 절제되면서도 철에 맞는 음식들로 매 끼니를 이어 간다. 이 책에 나오는 그의 계절별 밥상을 보면 건강식이 따로 없다는 생각이 들면서 고집도 느껴진다.

나는 거의 매일 음식점에서 끼니를 때운다. 식사를 대접할 때도 많다. 이렇게 계속되는 고칼로리 섭취는 아무래도 부담스러운 것이 사실이다. 그러니 불필요한 낭비를 하지 않는 저자의 밥상이 어찌 부럽고 탐나지 않을 수 있겠는가? 책을 읽다가 나도 저자처럼 밥상을 차리는 변호사가 되어 볼까 잠시 고민했지만 틈 없이 짜인 일정을 생각하면 어림도 없을 듯하다.

이 책에서 유독 나의 마음을 붙잡은 건 저자의 아우에 대한 이야기였다. 그의 아우는 2남 4녀의 막내다 보니 여섯 살이 되도록 어머니의 말라 버린 젖을 물고 놓지 않았다고 한다. 결국 어머니가 쓴맛이 나는 소태나무로 가슴을 문질러 젖을 떼도록 했다는데, 그렇게 아우는 인생의 단맛보다 쓴맛을 먼저 보았노라고 저자는 회상했다. 나도 그런 아우였다. 식구가 많은 집 막내로 태어나 젖을 늦게까지 물고 자랐고, 나의 어머니는 잉크를 묻히셨다. 소태나무의 맛은 모르지만 대신 잉크 맛을 안 것이다. 그 바람에 공부를 열심히 하게 된 걸까 싶기도 하다.

옛날 농부들은 콩을 심을 때 호미로 판 구덩이에 콩 세 알씩을 넣었다고 한다. 날짐승이 한 알 먹고, 길짐승이 한 알 먹고, 나머지 한 알이 농부의 몫이라 믿었던 까닭에서다. 이 이야기는 인간이 자연과 상호 의존하며 살아야 하는 존재임을 가르쳐 준다. 인간세라고 불리는 현재는 인간이 자연을 파괴함으로써 결국 스스로를 파괴하는 세상으로 나아가고 있다. 시인이란, 세상 돌아가는 모든 일에 대해 스스로 고뇌를 떠안는 부류라고 믿는다. 그래서 그들을 좋아하고 존경한다. 세상이 아프면 함께 아파야 하는 존재들. 그럼 모두가 시인이 되면 세상의 아픔은 어떻게 될까? 엉뚱한 상상을 해 본다.

이 책을 읽으면서 꼭 먹어 보고 싶은 음식이 몇 가지 생겼다. 본인은 쑥을 아주 좋아하는 사람이라 봄에는 톳밥에 도다리쑥국이나 머위무침에 우럭조

개쑥국을 맛보고 싶다. 여름에는 묵채와 찐채소쌈밥, 민어맑은탕이 끌린다. 가을에는 아욱된장국과 고사리토란국을, 겨울에는 남해 시금치해물칼국수와 물메기국을 먹고 싶다. 찬이 많지 않더라도 그때그때 나오는 제철 재료들로 욕심 없이 차린 소박한 밥상이라면, 최고의 성찬이 따로 없을 것이다. 나도 오십이 되면 요리하는 남자가 되리라 생각한 적이 있다. 하지만 여전히 남이 해 준 음식과 인스턴트로 살아가고 있으니 답답할 노릇이다. 더 늦기 전에 어디 요리 학원이라도 등록해야 하나?

왜 인간은 타인을 속이려고 할까

『**철학자와 늑대**』

마크 롤랜즈, 추수밭, 2012

확실히 철학자의 사고방식이나 행동 양식은 보통 사람과 다른 모양이다. 미국의 철학자 마크 롤랜즈는 본인 강의에 매번 브레닌이라는 늑대를 데려왔다. 우연히 입양한 새끼 늑대를 집에 혼자 둘 수 없어 강의 때마다 데리고 다니게 된 것이다. 큰 몸집만으로 위협적인 늑대는 수업 내내 강의실 구석에 누워 학생들을 쳐다보았고, 롤랜즈는 도시락만 조심하면 해치지 않을 거라며 학생들을 안심시키곤 했다.

어려서부터 사람 손에 길러졌다지만 그 본성까지 사라질 리는 만무하다. 늑대는 철저히 계급 사회 안에서 자기 역할에 충실한 동물이다. 롤랜즈는 브레닌과 함께 살던 11년 동안 늑대와 인간을 비교하고 관찰하여 이 책을 썼다. 포유류인 늑대와 영장류인 인간은 서로 다른 진화 과정을 거쳤다. 인간은 타인뿐 아니라 자기 자신까지 속여 가면서 이익을 취할 정도로 계략과 속임수를 발전시켜 왔다. 하지만 늑대는 다른 존재를 속이지 않는다. 자신이 목표로 한 사냥감이 눈치채지 못하게 슬그머니 접근할지언정 인간처럼 무언가를 얻기 위해 의도적으로 속이려 하진 않는다.

그런데 인간과 늑대 사이 중간적 존재가 있다. 바로 개다. 저자는 개도 함께 키우는데, 행동이나 반응에 있어 늑대와는 많이 다르다. 개는 문제가 생겼을 때 사람에게 가서 끙끙대며 해결해 달라고 한다. 반면 늑대는 사람에게 의존하는 법을 모른다. 상황에 따라 본능대로 행동하고 그 이후로 어떤 후회나 반성도 하지 않는다. 여기서도 차이가 있다. 개는 잘못된 행동을 하면 숨거나 주인의 눈치를 살핀다.

영장류가 술수에 능하도록 진화한 이유는 자신보다 강한 또 다른 영장류를 제어하기 위해서다. 인간이 다른 사회적 동물에 비해 고도의 문명을 건설하고 높은 지성을 소유하게 된 것도 상대보다 더 교묘한 계략을 짜고 더 완벽한 거짓말을 하고자 했던 교육과 훈련의 결과다. 아이러니하게도 이러한 훈련이 인류에게 자연에 대한 깊은 이해와 지적, 예술적 창조성을 선물한 것이라고 저자는 말한다.

인간은 스스로 도덕적이고 정의로운 존재라고 믿는 경향이 있다. 하지만 그런 정의나 도덕 역시도 인간이 지어낸 것이지, 자연의 본성과는 무관하다. 저자는 철학자답게 늑대를 통해 영장류의 본성을 통찰한다. 물론 단순히 늑대와 영장류 간의 어떤 우열을 가리는 것은 아니다. 다만 본능에 충실할 줄 아는 늑대로부터 인간도 깨닫는 바가 있어야 한다는 말이다.

반복되는 일상을 새롭게 만드는 비결

『나는 새해가 되면 유서를 쓴다』

황신애, EBS BOOKS, 2021

앤드루 카네기가 한 말이다. "인간의 일생은 두 구간으로 나뉘는데, 전반부는 부를 일구는 시기이고 후반부는 부를 나누는 시기이다. 통장에 많은 돈을 남기고 죽은 사람만큼 치욕적인 인생은 없다. 재물은 남을 위해 사용될 때 더욱 빛을 발한다.", "자손에게 막대한 유산을 남겨 주는 것은 독과 저주를 주는 것이다. 많은 재물은 의타심과 나약함을 유발하고 비창조적인 삶을 살게 하는 경향이 있다. 자손의 진정한 행복을 생각한다면 결코 많은 재산을 물려주지 말아야 한다."

미국 CNN 방송의 창업자 테드 터너는 이런 말을 남겼다. "돈이 많아도 어디에 써야 할지를 모르는 사람이 의외로 많다. 쓸 줄 모르는 사람에게는 아무리 재산이 많아도 의미가 없다.", "많은 돈을 가지고 있는 것은 팝콘을 먹는 것과 같다. 팝콘으로 배를 채울 수는 있지만 만족은 없다. 만족을 얻으려면 남을 배려하는 삶을 살 필요가 있다. 부자일수록 사회에 대한 책임 의식을 가져야 한다."

최근 상속에 대한 강의를 준비하면서 많은 관련 서적들을 읽게 되었는데,

이 책도 그중 하나다. 이 책을 쓴 저자의 직업은 펀드레이저다. 개인과 단체의 기부 활동을 독려하고 기획하여 공익 재단과 연결해 주는 것이 그의 일이다. 저자는 그동안 수많은 기부자와 만나면서 사회 공익에 대해, 그리고 삶에 대해 많은 것을 배울 수 있었다고 고백한다. 나도 복지관이나 양로원 같은 사회 공공시설에 정기적으로 쌀 기부를 하고 있어서인지 그의 이야기에 공감되는 부분이 많았다.

자기가 번 돈을 남에게 주는 것은 절대 쉬운 일이 아니다. 부자라고 누구나 기부할 수 있는 것도 아니다. 실제로 기부자 중에는 넉넉하지 않은 형편인 사람들이 더 많다. 이렇듯 기부가 낯선 이들에게도 살아갈 날이 줄어들수록 평생 힘들게 번 돈을 보람되게 쓰고 싶은 마음이 생기기 마련이다. 자식들에게 물려주면 싸울 것이 불 보듯 뻔하고, 뜻있게 사용할지도 의문이다. 그래서 기부하자니 마땅한 대상도, 방법도 몰라 차일피일 뜻만 품다 생을 마감하는 경우가 꽤 많다. 결국 자식들의 재산 분쟁으로 그 돈은 여기저기 흩어져 버리기 쉽다. 죽은 이의 입장에서는 보통 애통한 일이 아닐 수 없다. 살아 있는 동안 기부 전문가들과 만나 유산을 어떻게 사용할지 계획하고 유언에 자세히 남겨 놓아야 하는 것은 이런 까닭에서다.

"한 시간 행복하려면 낮잠을 자고, 하루 행복하려면 낚시를 하고, 한 달 행복하려면 결혼을 하고, 일 년 행복하려면 유산을 상속받고, 일생 행복하려면 다른 사람을 도우라."는 중국 속담이 있다. 기부는 역설적으로 가장 이기적이고 계산적인 행위일지도 모른다. 내가 누군가를 도왔다는, 인간으로서 최고의 기쁨을 누릴 수 있기 때문이다. 이보다 이상적인 행복감을 느낄 다른 방법은 세상에 없다.

저자는 해마다 유언장을 써 보기를 권한다. 유언장을 쓰면서 지금껏 살아온 삶과 살아갈 삶을 다시 생각하게 되고, 모아 둔 재산을 어떻게 사용할 것이며 죽은 후에는 또 어떻게 처리할지 고민해 볼 수 있다. 그리고 죽음 앞에서 진실로 소중한 것이 무엇인지 겸허히 깨닫고, 삶의 거품을 걷어 낸 있는 그대로의 자기 모습을 보게 된다. 『리추얼』의 저자 메이슨 커리가 밝힌 창조적인 사람들의 공통점 역시 유언장을 쓰는 것이었다. 그는 이 특별한 의식이 반복되는 일상을 새롭게 만들어 주고, 마음과 행동을 정돈하는 데 효과가 있다고 말한다.

기부는 사람이 사람을 위해 사람에게 주는 행위다. 누군가의 넉넉함이 다른 누군가의 부족함으로 옮겨 가는 것은 순리이며 사람끼리 돕고 사는 것, 그것이 바로 세상을 제대로 돌아가게 만드는 이치다. 이 세상에는 언제나 도움이 필요한 사람들로 넘쳐 나고 인생은 시작보다 마무리가 중요하다. 그 멋진 마무리를 위해서도 공부가 필요한데, 가장 좋은 방법은 자신의 삶과 남은 재산을 아름답게 정리하는 것이다. 지금 당장 유언장부터 작성하고 볼 일이다.

인생의 스승이 된 책들로부터 배운 지혜

『인생의 문장들』
데구치 하루아키, 더퀘스트, 2021

책의 내용도 내용이지만, 먼저 저자인 데구치 하루아키가 살아온 삶에 경의를 표하고 싶다. 예순 가까이 되도록 보험 회사에서 근무한 저자는 은퇴 후 자신의 보험 회사를 설립하여 성공 신화를 썼다. 그리고 일흔이 되던 해, 젊은 사람들에게 멘토가 되고자 리쓰메이칸 아시아태평양대학교 학장이 되어 지금도 재직 중이다. 그를 여기까지 이끈 동력은 바로 꾸준한 독서였다. 책을 통해 끊임없이 세상을 배우며 자신만의 길을 용기 있게 개척해 온 것이다. 저자는 그러한 시간 속에서 쌓인 인생의 지혜를 이 책에 담았다. 어쩌면 특별할 것 없는 내용이지만, 그래서인지 두고두고 되새기며 마음을 다잡기에 이만한 책도 흔치 않을 듯하다.

불평하고, 질투하고, 좋은 평가를 바라는 것. 인생을 낭비하고 싶다면 부디 이 세 가지를 기억하라고 저자는 당부한다. 불평과 질투, 그리고 칭찬받고 싶은 욕구가 강할수록 마음은 병들고 주체적인 삶에서 멀어지게 된다. 객관적 시야를 가리는 감정들에 휘둘리지 말고, 칭찬보다는 일 자체에 몰입하며 즐기기. 그가 반어법을 통해 강조하고 싶었던 메시지다.

이렇듯 자기 자신에게 집중하는 방법과 더불어 이 책은 상대의 진심을 파악하는 방법도 알려 준다. 상대가 나를 어떻게 생각하는지는 그의 말이 아닌 행동으로 알 수 있다. 누군가를 진정으로 생각하면 시간을 내기 마련이다. 밥을 같이 먹고, 더 오래 함께 있으려 할 것이다. 만약 상대가 자신의 시간을 할애하지 않는다면 반대로 생각해 볼 수 있으리라.

부부 싸움을 해결하는 방식에서도 저자의 지혜가 엿보인다. 부부 혹은 연인 사이 다툼이 있었을 때 미쉐린 가이드가 꼽은 식당으로 향하라는 것이다. 맛있는 음식을 먹다 보면 어느샌가 감정이 누그러지기 때문이다. 그러자면 평소 괜찮은 식당 몇 군데 정도는 알아 두어야 할 것이다.

사용하지 않으면 쇳덩이도 녹슬고, 물도 고여 썩는다. 저자는 정년제를 폐지하여 나이와 상관없이 채용하는 사회를 만들고자 했다. 나 역시 그 생각에 동의한다. 체력과 의지만 있다면 일흔이 넘어서도 일을 할 수 있는 환경이어야 한다. 그리고 배움을 멈춰서는 안 된다. 나이가 들고 은퇴를 해도 우리는 계속 걷고 책을 읽어야 한다. 인간은 멈추는 순간 쇠퇴하는 존재다.

신수정 작가의 인생 코칭

『**통찰의 시간**』

신수정, 알투스, 2022

내가 존경하는 한만용 교수는 남에게 정보와 지식을 전달하는 데 특별한 재능이 있는 분이다. 뽐내는 기색도 없이 그분처럼 자신이 가진 바를 적재적소에 베푸는 사람을 이제껏 보지 못했다. 이 책『통찰의 시간』을 내게 소개한 것도 한만용 교수이다. 읽어 보니 과연 주저 없이 추천하기에 부족하지 않은 책이었다. 그렇게 나도 우리 사무실 소속 변호사들에게 일독을 권하게 되었다.

현재 KT에서 부문장으로 재직 중인 저자는 자신의 신상에 대해 따로 언급하진 않았지만 타인의 삶에 관심이 많고, 늘 책을 읽으며 그 내용을 꼼꼼히 정리하는 데 일가견 있는 사람이란 생각이 들었다. '페이스북의 현자'로 통한다는 그는 이 책에서 저마다의 통찰력을 일깨우는 문장 555개를 아포리즘 형식으로 열거했다. 짧고 간결한 문장들은 요즘 세대가 기피하는 '긴 글 주의'와도 무관하고, 장마다 독립된 이야기로 이루어진 구성은 순서대로 읽어야 한다는 부담에서 벗어나게 한다.

각 장은 통찰, 배움, 행동, 성공, 리딩, 행복이라는 6개의 주제로 나뉜다.

읽으면서 가장 공감했던 부분은 통찰에 관한 내용이었다. 통찰은 남과 다른 관점으로 본질을 파악하면서도 그것으로 남들에게 "아하!"라는 공감을 불러일으킬 수 있는 힘이다. 자신의 내면을 살피며 반성하는 성찰과는 다르다. 통찰이 나의 바깥에 존재하는 사물이나 사건에 대한 투시라면, 성찰은 내 안의 생각이나 행동에 대해 찬찬히 톺아보는 일이다.

우리는 왜 성공을 꿈꿀까. 결국 한 번뿐인 인생을 잘 살기 위해서다. 그러려면 먼저 배워야 한다. 독서는 훌륭한 방법이다. 이보다 빠르고 저렴하게, 효과적으로 배울 수는 없으리라. 앞서 말한 통찰은 이러한 배움을 통해 온다. 그리고 통찰로 인한 깨달음을 다시 세상과 나눌 수 있을 때, 비로소 성공한 삶이라 할 수 있다. 저자는 진짜 성공이란 권력이나 부를 축적한 것이 아니라 스스로를 밝히고 세상을 향해 작은 빛을 발하는 것이라 말한다. 그 말이 가슴에 큰 울림으로 남았다.

이 책에는 페이지마다 곱씹어 온전히 내 것으로 간직하고 싶을 만큼 깊은 깨달음을 주는 글들이 담겨 있다. 저자가 그동안 읽고 새긴 것들 중에서 빛나는 진수만을 뽑아 두었으니 삶의 지침으로 삼기에도 넉넉하다. 문득 『채근담』을 한 구절씩 손으로 써서 음미했던 기억이 난다. 시간이 허락한다면 이 책도 필사하며 하나하나 마음에 새겨 보는 것도 좋겠다.

넘어져도 계속
걸어야 하기에

넘어져도 계속 걸어야 하기에

법과 제도만큼 실생활에 지대한 영향을 끼치는 것도 드물다.
그러므로 제3자의 시각에서 살피고 불합리한 부분을 찾아내 고치려는
노력을 지속해야 한다. 최고의 문명을 만들어 낸 로마 시대였지만,
노예가 허용되고 여성이 무시당하고 아이들이 버려지는 시대이기도 했다.
지금의 기준으로는 잔인하고 야만적인 역사도 변화와 발전을 거듭하여
결국 오늘에 이른 것처럼, 우리 법과 제도 또한 그럴 것이 자명하다.

'로마에 가면 로마법을 따르라?' 중에서

고령화 시대가 몰고 올 인플레이션에 대한 경고

『**인구 대역전**』

찰스 굿하트·마노즈 프라단, 생각의힘, 2021

시대의 패러다임 변화를 읽는 것은 중요하다. 이 책은 고령화와 저출산으로 맞게 될 전혀 다른 세상에 대해 전망한다. 지금까지는 세계화와 신자유주의의 등장으로 중국이나 인도 등 인구가 많은 국가들이 저임금으로 만든 물건을 대량 수출하면서 세계 무역을 호황으로 이끌었다. 물가는 크게 오르지 않고, 금리가 낮은데도 인플레이션은 발생하지 않는 최고의 세상이었다. 그러나 이제 중국마저도 인구 보너스 효과를 잃고 고령층이 증가하면서 값싼 노동력을 제공할 나라들이 빠르게 줄고 있다. 바야흐로 골디락스 시대가 저무는 것이다.

미국이나 호주처럼 이민 수용에 개방적인 경우를 제외한 대다수의 선진국은 현재 고령화로 인한 노동력 부족에 시달리고 있다. 고령화 현상이 심화됨에 따라 국가가 지급해야 하는 연금 액수는 불어나고 국가 부채도 가파르게 느는 실정이다. 55세부터 70세까지의 노년층이 얼마나 노동 시장에 참여할 수 있느냐에 따라 연금 수준도 달라지고 있다. 대부분 부족한 연금 때문에 이 세대의 노동 시장 참여 비율이 갈수록 높아지는 추세다. 우리나라만 해도 기업에서 은퇴한 후 저임금에 종사하는 노년층이 꾸준히 증가하는데 이를 충족할 만한 일자리 제공에 있어 난항을 겪는 중이다.

계속 이런 식으로 부양 인구비는 치솟는데 부양을 담당할 노동력이 부족해지면 인플레이션이 발생하게 된다. 고령화와 저출산으로 인해 순투자보다 저축이 더 크게 감소하는 현상은 실질 이자율 상승으로 이어질 것이다. 결국 금리도 높아지고 노동력 부족에 의한 임금 상승이 발생하면서 인플레이션이 불가피해지는 것이다. 중국의 값싼 노동력은 더 이상 이용할 수 없고, 인도나 아프리카의 노동력은 생산성이 떨어질 뿐 아니라 정책 신뢰도가 낮아 중국처럼 효과를 보기는 어렵다. 기업의 생산성이 다른 쪽에서 갑자기 높아지지 않는 한 인구 변동에 따른 인플레이션은 불 보듯 뻔한 일이다.

물가 안정을 최우선으로 하는 중앙은행은 인플레이션이 일어나면 금리를 높일 수밖에 없는데, 이 경우 정치적 입장도 고려해야 하는 재무부와의 갈등이 필연적으로 따른다. 통화 정책을 해결책으로 사용할 수 없다면 정부는 확장적인 재정 정책을 펴고자 할 테고, 이에 따라 정부의 부채 비율도 높아질 것이다. 현재 한국 정부의 부채 비율은 50퍼센트 선인데, 앞으로 닥칠 연금 부족이나 의료비 부족 사태에 대비하려면 지금의 부채 비율도 높은 편이다. 대부분의 선진국이 인구 노령화가 점점 더 빠르게 진행됨에 따라 부채 비율도 급격히 늘고 있는 상황이다.

앞으로 2050년이 되면 세계 인구의 44퍼센트가 상대적으로 고령화된 나라에 거주할 전망이다. 인구의 20퍼센트 이상이 60대인 나라에 살게 되는 것이다. 노령층이 증가할수록 정부 입장에서는 연금 개혁에 나서기 어렵고 의료비나 노후 보장에 대한 복지 비용도 줄이기 힘들어진다. 우리나라 역시 노령화 진행 속도에 맞춰 예산을 측정하고 대대적인 연금 개혁을 준비하지 않으면 안 될 시기가 곧 올 것이다. 연금 개혁은 큰 사안으로, 결코 실행하기 쉽지 않겠지만 그대로 두면 국가 부채가 불어나 후세대에게 무거운 짐을 지우게 된다.

고령화로 인한 간병이나 의료 서비스 수요가 늘어나도, 이런 분야는 제조업에 비해 생산성이 낮다. 사회의 여러 자원을 이렇게 노령층을 위해 사용하다 보면 사회 전체의 생산성은 갈수록 둔화될 수밖에 없다. 이런 상황에서 인플레이션만 높아진다면 가장 피해를 보는 것은 노동자들이다. 그렇게 사회 불평등이 심화되고 계층 간 갈등이 깊어지다 심각한 사회 문제로 번질 것이다. 결국 언젠가는 터질 폭탄을 부둥키고 사는 것과 다르지 않다. 다만 저자는 인구가 줄어듦에 따라 노동 협상력이 높아져 임금도 상승할 거라 예측한다. 하지만 생산성이 낮은 노동자 계층은 자동화와 AI의 확대로 일자리가 축소되어 경제적 어려움에 처할 것이다. 곧 닥칠 가까운 미래인 10년, 20년 후 인구 변동이 불러올 우리 사회의 급격한 변화에 대해 이 책은 분명한 경고를 보내고 있다.

지금 우리에게 포퓰리즘이 필요한 이유

『**포퓰리즘이란 무엇인가**』
미즈시마 지로, 연암서가, 2019

포퓰리즘, 흔히 대중을 이용한 권력 유지 수단이나 정치적 이익을 위한 인기 영합 측면으로만 이해해 부정적인 시각을 갖기 쉽다. 이는 포퓰리즘의 어두운 면만 본 것이다. 엘리트주의와 상대되는 포퓰리즘은 직접 민주주의의 지향을 뜻하기도 하며, 따라서 대중의 통합을 통해 기존 정치 문제를 해결하는 수단으로 이용될 수 있다. 하지만 과거 나치와 같은 전체주의 포퓰리즘은 폭력적으로 변질되어 역사에 큰 죄과를 남겼다. 또 좌파 포퓰리즘을 내세운 베네수엘라는 재정 상황을 고려하지 않고 서민 복지에 국가 예산을 퍼 주면서 파탄에 이르기도 했다. 이렇듯 자칫 위험할 수 있는 포퓰리즘이 유럽에서 큰 인기를 끄는 이유는 무엇일까? 그리고 우리 정치에서도 포퓰리즘은 과연 필요악일까?

빈부 격차가 크거나 엘리트와 일반 국민 사이 간극이 넓을 때 정치 개혁은 사실상 불가능하다. 소외된 국민이 느끼는 와중에 정치권에서는 서로 견제하고 다투긴 하나 그 효과가 아래까지 미치기는 어렵다. 결국 그들만의 리그로 기득권의 얼굴만 바뀔 뿐, 국민의 정치적 의사나 입장은 거의 반영되지 않는 것이다. 이와 같은 상황이 지속되면 진정한 민주주의를 부르짖으며 소외당한 사람들의 지킴이를 자처하는 새로운 정치 세력이 등장해 인기몰이를 하기 마련이다. 포퓰리즘이 카리스마적 정치 지도자를 탄생시키는 이유가 이것으로 설명된다. 이런 지도자의 솔직한 발언은 때로 물의를 일으키더라도, 기성 정치에 실망한 대중의 속을 시원하게 만들어 준다. 포퓰리즘은 대중의 의사를 좇기에 논리가 빈약하고 이데올로기가 부족하다. 그러나 대의 민주주의가 그 기능을 상실한 경우 직접 민주주의를 내세우는 포퓰리즘이 득세할 수밖에 없다.

원래 포퓰리즘은 보다 좋은 정치를 목표로 아래에서부터 시작되는 운동이다. 기성 제도나 법에 의해 보호받는 엘리트 계층의 독주를 거부하며, 직접 민주주의로써 국민들의 뜻이 실현되는 것을 목표로 한다. 그런 측면에서 포퓰리즘은 기존 정치 문제를 대중의 의사를 기반으로 해결하려는 급진적 개혁 운동이라 할 수 있다. 그러다 보니 다수에 의해 소수의 권리가 무시될 수 있고, 피아를 구분하는 극단적 정치 논리로 이어져 대립과 분쟁이 격화될 수도 있다. 또 국가 기관의 권한을 제약하거나 토의를 바탕으로 한 정치 질서를 무력화시킬 위험도 있다.

이러한 포퓰리즘이 가장 활발한 곳은 남미와 유럽이다. 그러나 두 문화권은 서로 다른 포퓰리즘의 형태를 보여 준다. 중남미에서는 해방형 좌파 포퓰리즘이 유행했다. 경제적으로 소외된 빈곤층이 넓게 존재하고 소수의 특권층이 지배하는 사회에서는 분배 지향의 포퓰리즘이 성행하게 된다. 베네수엘라의 차베스가 대표적이다. 한편 유럽의 포퓰리즘은 개인의 자유와 민주주의를 중시하면서도 이민자나 난민을 배제하는 배외주의적 성향을 띤다. 공적 편익을 향수하는 공무원과 생활 보호 수급자를 비롯하여 복지 급여 대상인 이민자와 난민을 국가에 의한 재분배 특권층으로 여기는 것이다. 중남미 국가들의 포퓰리즘 정책이 정치 경제적 특권 소멸과 빈곤층에 대한 재분배, 외국 기업의 국유화 등을 주 내용으로 삼은 것과는 상반된 모습이다.

포퓰리즘은 엘리트 지배에 대한 비판, 민중의 직접 참가와 같은 민주주의 논리를 기반으로 국민 투표에 호소하고 기성 정치의 타파를 주장한다. 대표적 사례가 미국의 트럼프와 일본 오사카 유신당이다. 포퓰리즘 정치는 오래 가기 어렵다. 지도자의 카리스마에 기댄 정치는 그 인기가 식으면 더 이상 지속되기 힘들다는 까닭에서다. 하지만 포퓰리즘은 금기를 깨며 새로운 문제 제기를 할 수 있고, 범국민적 논쟁을 통해 기존 정치권을 각성시키거나 과오를 고칠 수 있다는 점에서 의의를 갖는다.

우리 정치권에서 포퓰리즘 정책으로 논란이 되고 있는 기본 소득 문제도 국민들의 기본적인 삶을 국가가 보장해야 한다는 점에서 충분히 검토될 수 있다. 이를 정책 목표로 내세운 정당이 우리나라에도 등장한 것으로 아는데, 그 정당이 국민들로부터 지지를 받게 되면 기성 정당들은 이 주제를 심각하게 고민할 수밖에 없다. 예를 들어 녹색당처럼 환경 오염에 대한 보호 정책을 주장하는 당이 다수의 지지를 얻으면 그와 관련된 입법 활동이 활발해질 수 있는 것이다. 이처럼 포퓰리즘을 표방하는 정당의 존재가 꼭 부정당해야만 하는 것은 아니다. 오히려 참신한 정당들이 계속 등장하여 시대 변화에 맞는 정책을 발굴하고 또 실현할 수 있어야 한다. 이 책은 그러한 포퓰리즘의 여러 의미와 장단점에 대한 이해도를 높여 주기에 충분하다.

자본주의, 그리고 자연주의적 삶에 대하여

『**숲속의 자본주의자**』
박혜윤, 다산초당, 2021

이 책을 읽다 보면 시골 어딘가에서 컨테이너 집을 짓고 살 것만 같은 저자의 모습이 그려진다. 영화 '미나리'처럼 건너편에 넓은 숲이 보이는가 하면 초원도 가까이 있는 그런 곳 말이다. 실제로 시애틀에서 한 시간 거리에 산다는데 내가 시애틀을 가 본 적이 없으니, 영화 속 시골 풍경을 연상하며 읽을 수밖에. 이 책은 서울대학교 영문과를 나와 기자 생활을 하던 저자가 가족과 함께 미국의 한 시골 마을로 가 자연주의적 삶을 추구하며 사는 이야기를 담고 있다. '자연주의적 삶'이 알맞은 표현일지는 모르겠지만, 미국의 사상가이자 문학가인 헨리 소로가 그러했듯 이 가족은 자연과 접하면서도 자연을 해치지 않는 범위 내에서 삶을 영위하고 있다.

헨리 소로의 『월든』을 읽어 본 사람이라면 그가 한때 숲속에서 생활했음을 기억할 것이다. 자연주의자들의 시조라고 할 수 있는 헨리 소로는 도시에서의 삶을 아등바등 유지하는 것이 결코 행복은 아니라며 월든이라는 호숫가에서 최소한의 조건으로 살았던 적이 있다. 지금도 그의 삶을 추앙하며 비슷한 방식으로 사는 사람들이 존재하지만, 자본주의의 물질 문명에 길들여진 현대인이 이를 행하기란 쉽지 않다. 저자 박혜윤 작가는 스마트폰도 없는 시골 생활을 수년째 이어 가는 중이다. 작가 자신은 빵을 만들어 팔고, 그의 남편은 수영장 가이드 아르바이트를 하며 매달 백만 원의 생활비로 두 아이를 키우고 있다.

흥미로웠던 건 내 나이 또래의 사람들이 돈에 구애받지 않으며 살아가는 실험적인 삶의 형태였다. 자본주의는 인간이 적은 노동으로도 많은 가치를 얻을 수 있는 시스템을 구축했다. 그러나 이는 계속 돈을 벌어야 살 수 있다는 강박 관념을 만들어 냈다. 돈을 벌어 저축하는 행위는 미래를 대비하기 위함이지만 그 미래가 반드시 오리란 보장은 사실 없다. 저자는 오히려 많이 비울수록 그 자리를 다른 무언가가 채워 줄 테니 물질 문명에서 필요한 것들을 버리더라도 사는 데 전혀 지장이 없다고 말한다. 문득 에피쿠로스가 중심이 된 스토아학파를 저자가 좋아한다던 것이 생각났다. 인간의 삶은 고통이기 때문에 행복해지려면 절제가 필요하다는 그 철학에 나 역시 깊이 공감한다. 그것은 불교의 교리와도 비슷해서 인간의 모든 삶이 마음먹기에 달렸다고 가르친다.

자본주의 사회에서 돈은 모든 평가의 최우선 순위가 되어 버린 지 오래다. 그런데도 과감히 돈의 속박에서 벗어나려는 시도는 정말 대단한 용기가 아닐 수 없다. 저자도 자본주의 체제에서 살아왔고 그 습관을 버리기는 결코 쉽지 않았을 것이다. 지금까지는 시골에서 최소한의 생활을 유지했더라도, 자녀들이 자라고 자신들이 나이 든 후에 더욱 필요해질 삶의 요소들을 어떻게 감당할지 궁금해진다. 사회 복지 제도나 기본 소득 같은 정책이 그런 문제들을 어느 정도 해결해 줄 수도 있겠지만 아직까지는 시기상조이다.

젊은 날 자신의 뜻대로 사회적 틀을 벗어나 자연주의적 삶을 영위하는 것은 누구나 한 번쯤 꿈꿔 보았음 직한 일이다. '나는 자연인이다'라는 TV 프로그램이 인기를 끄는 것도 이러한 대중의 심리를 충족시켜 주기 때문일 것이다. 막상 현실로 옮기기는 어려운 꿈같은 삶을 스스로 택한 사람의 철학과 인생 이야기는 내게 큰 울림을 주었지만 한편으론 걱정이 되는 것도 사실이다. 저자는 살아 보니 그리 나쁘지만은 않다고 말한다. 그러면서도 자본주의를 완전히 벗어나지는 않을 거라고 덧붙인다. 자본주의가 주는 혜택이 그로 인한 불이익보다 크다는 것을 그 역시 잘 알고 있기에 언젠가는 다시 도시로 돌아오지 않을까 짐작해 본다.

누구에게나 상인의 실용 철학과 현실 감각은 필요하다

『왜 상인이 지배하는가』

데이비드 프리스틀랜드, 원더박스, 2016

세상에 대한 통찰력을 갖기 위해서는 다양한 역사서를 살펴볼 필요가 있다. 이 책은 이기적이고 자본주의적인 상인과 귀족적이며 군국주의적인 군인, 그리고 관료주의적 성향을 지닌 현인이 어떻게 세상을 지배하는지 보여준다. 이를 잘 이해하려면 우선 프랑스 사상가 피에르 부르디외가 이름 붙인 '아비튀스 habitus'라는 개념을 알아 두는 것이 좋다. 아비튀스는 인간이 사회화 과정을 통해 무의식적으로 습득하는 지각, 발상, 행위 등의 특징적 양태를 일컫는 말이다. 자신이 몸담은 계급이나 직업이 가지고 있는 일상적인 관습과 행동 양식이라고 생각하면 된다. 자율권이 많은 업에 종사하는 사람일수록 더 자유로운 생각을 갖게 된다는 것이 아비튀스의 논리이다.

또 직업마다 그에 걸맞는 '에토스 ethos'가 존재한다. 에토스는 아리스토텔레스가 그의 저서 『수사학』에서 고유한 성품 혹은 성격이라는 뜻으로 처음 사용한 용어다. 영어에서 윤리학을 뜻하는 ethics, 윤리적이라는 의미의 ethic이 여기서 유래한 것이다. 어느 한 개인이나 민족에게 내면화된 자세, 옷차림, 목소리, 말투, 시선, 성실, 신뢰, 카리스마 등이 모두 에토스에 속하는데, 현대에 와서는 민족이나 사회를 특징짓는 관습을 지칭하는 경우가 많다.

인도에서 직군에 따른 신분을 뜻하는 '카스트 caste' 역시 저자는 사상 체계와 생활 양식이 일체화된 사회 집단의 측면으로 이해한다. 카스트의 명확한 예시가 상인, 군인, 현인이라는 이야기다. 이 책에서는 상인을 중요한 카스트로 꼽는다. 상인의 에토스는 교역과 금융 분야에서 쉽게 찾을 수 있다. 이들은 효율성과 혁신을 중시하고 단기적인 이익을 추구한다. 또 온건하면서 자유로운 성향으로, 유연한 관계 맺음을 선호하지만 이해 관계가 충돌하는 사람과는 잘 어울리지 못하는 모습도 보인다. 그럼에도 상인 집단을 비롯하여 군대, 관료제와 같은 조직들은 시대를 불문하고 그 어떤 사회와 경제 구조에서도 살아남을 확률이 높다.

그중 상인 집단은 오늘날 사회 대부분의 영역에서 지배력을 무섭게 확대하고 있다. 이전의 귀족 사회와는 분명 다르다. 20세기 들어 상인 집단이 장악하던 체제들이 엄청난 부채와 경제 불황을 이기지 못하고 몰락하면서 심각한 사회 갈등과 전쟁으로까지 번진 사례들도 많다. 이처럼 상인들이 힘을 가지게 된 것은 17세기 네덜란드와 영국에서 정치, 문화의 권력층으로 진입하면서부터다. 그러다 재즈 시대의 미국에서 열광적인 전성기를 맞은 뒤 1930년 장렬하게 붕괴했으나, 지금은 월가 등의 금융권을 통해 다시 세계 질서를 제패했다고 볼 수 있다.

이 책을 통해 내가 이해한 상인 집단은 순수한 자본주의를 열망하는 비즈니스 세력이다. 그리고 이들의 핵심은 근면성에 있다고 생각된다. 소규모 상인들이 성공하기 위해서는 무엇보다 많은 거래를 통해 작은 이윤이라도 더 거두어야 하는데, 검소하고 근면하지 않고서는 불가능하다. 이들은 언제나 신속한 정보와 과감한 투자를 통해 경쟁자보다 우위를 점하기 위해 노력하며, 하나의 성공에만 머무르지 않고 외부로부터 혁신을 도입하여 효율성과 생산성을 높이는 데 관심을 갖는다. 같은 맥락에서 추상적 사유와 복잡한 규칙보다는 명민한 태도를 선호하고, 교육에 있어서도 실용성과 개방성을 추구한다.

이 책에는 2008년 금융 위기까지 상인들의 역할에 대한 많은 사례가 열거되어 있다. 읽다 보니 "선비의 문제 의식과 더불어 상인의 현실 감각을 배워야 한다."는 김대중 대통령의 말이 떠올랐다. 나 역시 현실적이고 실용적인 삶을 지향하며, 상인은 아닐지라도 사회에 좋은 영향을 미치는 삶이 인류의 부가 가치를 창출한다고 믿는다. 그 가치를 다음 세대에게 물려주려는 노력이 본질적으로 상인의 정신과 일맥상통하는 것이리라.

우리 수산업에 대한 통념을 깨부수는 책

『정석근 교수의 되짚어보는 수산학』

정석근, 베토, 2022

흑산도에 유배된 정약전은 잡힌 물고기들을 보며 어떤 식으로 이를 정리할 수 있을까 고민하다 그곳 어부들의 도움을 받아『자산어보』를 썼다. 어업에 종사하는 사람이라면 물고기들의 모양과 특징, 그리고 그 생태에 대해 잘 알 수밖에 없다. 이 책을 쓴 정석근 교수는 우리나라 어부들이 해양 수산부보다 수산업을 속속들이 알고 있다고 말한다. 이론적으로 아는 것과 직접 물고기를 잡으면서 깨닫는 경험이 서로 많이 다르기 때문일 테다. 제주대학교 해양학과 교수인 저자는 기존의 통념을 깨는 주장들을 책 곳곳에 쏟아 냈다. 가부간 진실을 가리기 위한 논쟁과 그러한 논쟁이 많아지는 것을 바람직하게 보는 나로서는 그의 주장들이 신선하게 느껴졌다.

해양 수산물의 양을 결정하는 것은 햇빛이다. 햇빛을 받은 바닷속 플랑크톤의 엽록소는 광합성을 통해 탄소와 물이 결합된 당을 만들어 낸다. 에너지의 원천인 그 당을 만든 식물 플랑크톤을 동물 플랑크톤이, 동물 플랑크톤을 1차 기초 어종이, 그 다음엔 덩치 큰 육식 어종이 단계적으로 먹이 사슬을 이루고 있기에 해저 생태계가 유지되는 것이다. 결국 광합성을 하는 식물 플랑크톤의 양을 통해 수산물의 양을 측정할 수 있는데, 인공위성 사진으로 파악한 우리 바다 주변의 식물 플랑크톤 양이 일정하므로 수산 자원 역시 그렇다고 볼 수 있다.

따라서 현재 우리나라 어획량이 줄어드는 것은 어업 노동량 감소를 의미하며, 이는 정부의 감척 정책과 어업 종사자의 고령화 때문이라고 저자는 주장한다. 그동안 정부와 언론은 어획량이 줄어든 원인을 어부들의 무분별한 남획으로 규정하여, 어획량을 규제하고 금어기를 설정해 알을 밴 물고기나 치어는 잡지 못하게 했다. 하지만 물고기 개체 수에 유의미한 변동이 생기지 않았다는 건 통계 수치로 금방 알 수 있다. 저자는 이런 규제에 대한 과학적인 근거가 없으며, 오히려 이로 인해 엉뚱하게 중국 측 어민들만 이익을 보고 우리 어업은 큰 피해를 입을 뿐이라고 말한다.

우리나라에서 명태가 사라진 까닭은 기후 변화로 동해안의 온도가 상승했기 때문이다. 그럼에도 일각에서는 명태가 없어진 게 우리가 노가리를 많이 먹어서라는 주장을 펼친다. 명태의 치어를 방류하여 명태를 돌아오게 하겠다는 연구도 소득 없이 끝났다. 또한 총허용어획량제를 두어 규제하는 어종이 있는데, 그중 회유성 어종은 우리만 단속해서는 안 되는 것들이다. 고등어, 갈치, 조기, 오징어 등이 그렇다. 국적이 없다. 서해, 남해, 동해는 물론이고 동중국해나 캄차카까지 갔다가 되돌아온다. 이들을 비롯한 규제 대상이 모두 11개인데 일본은 7개에 불과하고 중국은 아예 규제하지 않는다. 더구나 조기나 오징어는 많이 잡힐 때도 있고 적게 잡힐 때도 있는데 저자는 이것이 기후 변화와 어종의 특수성 탓이라고 설명한다. 남획으로 어획량이 줄어드는 게 아니라는 말이다. 결과적으로 우리나라 배타적 경제 수역에서 잡을 수 있는 어류들을 중국 어선이 먼저 낚아 가는 실정이다.

기후 변화를 막기 위한 탄소 중립이 실현되려면 탄소 배출량을 줄여야 하는데, 이 책에서는 그 대안으로 소고기나 돼지고기 대신 멸치를 많이 먹으라고 제안한다. 멸치가 사용하는 탄소가 소나 돼지의 1,500분의 1밖에 되지 않기 때문이다. 그러나 멸치 또한 어획량 규제 대상에 속한다. 고등어나 정어리 같은 소형 부어류가 단백질 1킬로그램을 생산하는 데 배출하는 탄소량은 곤충보다 80배, 소보다 1,500배나 적다. 한편 우리나라는 고등어의 산란장마저도 제대로 파악하지 못하고 있다. 확실한 건 우리나라 연안 바다에는 고등어 산란장이 없다는 사실이다.

동경 128도 이동 조업 금지령이 일제 강점기 때부터 존재했는데 지금까지 그대로 유지되고 있다는 것도 이 책을 통해 처음 알았다. 우리나라 수산학 창시와 관련하여 비판의 목소리가 있었다는 것도 마찬가지다. 그 밖에 저자는 수산과 해양을 하나의 부서로 편성한 점, 그리고 수산물과 관련된 정보가 제대로 공개되지 않고 있다는 점에 대해서도 문제를 제기한다. 이렇듯 이 책은 수산업에 대한 새로운 시각을 제공할 뿐 아니라 우리 수산업을 제대로 이해할 수 있도록 도와준다. 다시 말해 꼭 읽을 만한 가치가 있다는 뜻이다.

가족 간의 죽음을 어떻게 읽어야 할까

『**가족의 무게**』
이시이 고타, 후마니타스, 2022

　　우리나라에서 일어나는 살인 사건의 30퍼센트, 한 해 300건 정도는 가족 간 살인 사건이다. 그중 40퍼센트는 가해자의 정신 질환에 의한 것이며 가족 간 돌봄이나 부양 문제 때문에 발생하는 일도 많다. 이러한 가족 간 살인 사건의 특징은 가족 구성원 모두가 가해자이자 피해자라는 점이다. 이 책의 저자는 일본의 르포 전문 기자로, 7건의 가족 간 살인 사건에 대해 이야기한다. 주로 우울증이나 조현병 같은 정신 질환을 제때 치료하지 못하여 살인 사건으로까지 이어진 경우들을 다루었다. 저자는 이 사례들을 통해 가족 간 문제라고 해서 그 가족에게만 모든 책임을 지울 순 없음을 말하고자 했다.

　　입시나 취업 등의 실패를 경험하면서, 혹은 이런저런 이유로 세상과 담을 쌓고 집 안에서만 생활하는 사람들이 있다. 이들을 일본에서는 '히키코모리'라고 부르는데, 저자가 책에서 언급하는 사건 중 하나가 히키코모리 아들을 친부가 살해한 사건이다. 친부는 점점 난폭해지는 아들이 다른 가족들을 해코지할까 두려워 계속 그 성미를 맞춰 주었으나 끝내 다른 해결책이 없다고 판단하게 되었다. 그는 평생 남에게 폐를 끼치지 않으며 성실하게 살아온 사람이었고, 아들의 상태가 더 이상 용인할 수 없는 지경에까지 이르고 말았던 것이다.

두 번째 사건은 함께 사는 친모가 죽어 가는 것을 방치한 자매의 이야기다. 일종의 유기치사죄에 해당하는데, 자매는 한집에 살았으나 정서적으로는 이미 절연한 어머니가 죽어 가는 것을 알면서 외면했다. 자랄 때 어머니가 자신들을 학대했다는 것이 이유였다. 세 번째는 남편의 방탕과 극심한 경제적 문제로 힘들어하던 아내가 함께 사는 아들과 동반 자살을 시도했지만 자신만 살아나게 된 사건이다. 네 번째는 우울증을 앓는 언니가 자신의 딸을 죽이려 하자 동생이 이런 상황에 대한 강박 관념으로 언니를 살해한 사건이다. 정신병에 걸린 사람으로부터 지속적인 폭력과 협박에 시달리던 동생이 이를 견디지 못하고 살인을 저지르게 된 것인데, 결국 가족 모두 피해자가 되었다.

다섯 번째는 노부부가 서로를 부양하는 노노간병老老看病이 부른 참극으로, 아내가 치매에 걸린 남편을 살해한 사건이다. 간호사인 아내는 자신이 남편을 감당할 수 있을 거라 생각하여 주위에 도움을 요청하지 않았는데, 견딜 수 없는 상황에 이르렀던 것이다. 여섯 번째는 어린 시절 남들에게 정을 받지 못하고 자란 친모가, 아들이 남편의 사랑을 받는 것에 질투를 느낀 나머지 살해한 사건이다. 남편에게 의존적이었던 그는 자신의 다섯 살 아들이 그 사랑을 빼앗아 간다 생각하여 범행을 저질렀다고 한다. 마지막 일곱 번째는 경제적으로 어려움을 겪으며 우울증을 앓던 친모가 자신이 낳은 자식 둘을 살해한 사건이다.

내 판사 시절 경험에 비추어 이 책에 등장하는 사건들의 양형에 대하여 생각해 보았다. 일반적으로 가족 간 살인에 높은 형이 나올 가능성은 희박하다. 일본에서는 대개 2~3년의 단기 실형이나 집행 유예가 선고되었다. 특히 오랫동안 간병을 했거나 정신 질환을 앓는 피해자의 과도한 폭력을 참지 못해 살인을 저질렀을 때는 주로 집행 유예가 내려졌다. 위급하지 않은 순간에, 예를 들어 피해자가 자고 있는 동안 살해한 경우에만 실형이 선고되었다.

우리나라의 경우에도 가족 간 살인 사건은 대략 이러한 유형을 띠며 언론에도 자주 오르내리는 편이다. 지금은 요양 보험과 간병 제도가 비교적 보편화되어 돌보기 어려운 중증 장애인이나 발달 장애인, 치매 노인의 관리를 위탁할 수 있고 요양원과 같은 시설의 도움을 받을 수도 있다. 그러나 정신 질환을 앓고 있다면 적극적인 치료를 받게끔 가족들이 나서기 어려운 경우가 많다. 상황이 이러한데 돌봄과 부양이 오로지 그 가족만의 몫이자 책임이라고 치부해 버린다면 가족 간 살인은 앞으로도 계속 발생할 수밖에 없다. 그리고 남은 가족들의 트라우마는 도미노처럼 더 큰 사회 문제로 이어질 것이다.

혈연으로 맺어진 가장 가까운 관계는 서로에게 의지가 되어 주지만, 그래서 더 깊은 상처를 주고받으며 애증과 원망으로 뒤틀리기도 쉽다. 그때 가족의 무게란 남보다도 못할 만큼 버거워진다. 하지만 가족이기에 외면하거나 버릴 수도 없다. 우리는 F. 스콧 피츠제럴드가 『위대한 개츠비』에서 강조했던 이 구절을 상기해 볼 필요가 있다. "누구든 남을 비판하고 싶을 때면 언제나 이 점을 명심해야 한다. 세상 사람들이 다 너처럼 유리한 입장에 놓여 있진 않다는 사실을 말이다."

로마에 가면 로마법을 따르라?

『로마법 수업』

한동일, 문학동네, 2019

법대를 다니던 시절, 최병조 교수님의 로마법 수업을 들은 기억이 있다. 사법 시험을 준비하느라 시험 과목이 아닌 법제사 강의에는 학생들 관심이 시들했지만, 우리 민법이나 형법의 기초가 로마법에서 시작되어 나폴레옹 시대의 법전으로 이어져 왔다는 사실 하나만으로 충분히 필요한 수업이었다. 나는 라틴어로 된 법언들을 좋아했다. 약속은 지켜져야 한다는 뜻의 "pacta sunt servanda." 같은 구절을 곱씹으며 법관의 자세를 돌아보곤 했다. 이 책에도 라틴어 법언이 여럿 나오는데 기억해 두고 싶은 것들이 많다.

Hominium causa ius constitutum est. 법은 사람을 위해 존재한다.

Aequalitas omnium coram lege. 법 앞에 만인은 평등하다.

Homines nos esse meminerimus. 우리가 인간이라는 것을 기억합시다.

단순한 말일수록 진리에 더 가깝다는 것이야말로 진리다. 모든 법에는 원칙과 예외라는 변칙이 존재한다. 우리는 곧잘 원칙을 망각하며 더 그럴듯해 보이는 변칙에서 정답을 찾으려 애쓰는데, 정답이란 답답하고 따분하게 느

꺼지는 원칙 속에 이미 담겨 있는 경우가 대부분이다. 그 원칙에서 법관은 늘 답을 찾아야 하지만, 사실 쉽지는 않다. 원칙 속의 답은 때론 너무 단순하고 야박해서 오히려 오답처럼 생각되기 때문이다.

법을 또 다른 측면에서 보면 지역적 특성과 전통이 녹아든 역사적 산물이라 할 수 있다. 한 사회의 특수성이 법으로 구현되기도 하는데, 로마법 역시 그러했다. 천 년 이상 지중해의 패권을 차지했던 로마는 역사상 가장 발전된 제국이었다. 그리고 제국을 다스리기 위해서는 그만큼 정교한 법 체계가 필요했다. 이러한 배경을 기반으로 형성된 로마의 법 체계는 유럽을 통해 한반도까지 전해져 우리 삶을 지배하는 원칙이 되었다. 우리의 법 정신이 로마에 뿌리를 둔 셈이다.

로마는 기본적으로 신분 사회였다. 이에 따라 로마인은 시민, 즉 자유인과 노예로 나뉘었다. 시민은 다시 1급과 2급으로 구분되었는데, 이때 형법도 신분별로 다르게 적용되었다. 법 앞에 만인이 평등하다는 말은 사실 같은 신분 내에서 유의미했다. 로마 시대에는 그랬다는 것이다. 한편 로마의 상속세나 증여세는 5퍼센트에 불과했다. 따라서 자산을 가진 자에게 매우 유리한 사회였다. 지위가 낮은 이들에게는 주민세와 매춘세를 통해 가혹한 세금이 매겨졌다. 당시 국가 수입의 중요한 부분을 차지하던 것이 매춘세였다.

예수가 십자가형을 받은 것도 로마의 시민이 아닌 노예 신분이었기 때문이다. 로마에서 사형 선고를 받으면 십자가형, 맹수형, 화형으로 집행되었다. 그중 죄를 범한 노예에게 가해졌던 십자가형이 나중에는 폭동을 일으킨 폭도나 반역범, 사상범을 대상으로 집행되었다. 예수는 로마의 질서를 흐트러뜨린 사상범에 해당되었다. 로마 시대를 배경으로 한 영화에서 많이 등장하는 맹수형은 짐승만도 못한 죄를 저지른 이에게 내려지는 것이었는데, 맹수를 이기면 목숨을 연명할 수 있었다. 하지만 그것은 거의 불가능한 일이었기에 죄수는 희망 고문 속에서 피비린내 나는 싸움을 계속하다 죽어 갔다. 맹수형은 주로 1~2세기 그리스도교 순교자들에게 내려졌다. 화형은 원래 방화범에게 처해지던 것이었는데 중세에 이르러 이단자를 처벌하는 주된 사형 방식이 되었다.

사형을 선고받아 처형된 자나 형사 소추가 종결되기 전 사망한 자에게 부과되는 형도 있었다. 바로 기억말살형이다. 이를 선고받은 사람의 이름이 담긴 각종 문서와 기념비, 동상은 모두 파괴되었다. 그가 남긴 유언이나 증여의 효력도 전부 상실되었다. 기억말살형은 황제에게도 적용되었는데, 명예를 매우 중시했던 로마의 상류층에게 이는 확실한 불명예형이었다.

우리나라도 간통죄가 사라졌지만, 로마 시대에는 유부녀만 처벌받던 죄였다. 주로 상류 계급의 여성이 외간 남자와 사통하는 경우 간통죄가 적용되었는데, 그 사실이 발각되었을 때 친정아버지와 남편에게 주어지는 권한이 각각 달랐다. 간통한 여자의 아버지가 자기 집이나 사위 집에서 현장을 적발했다면 생사여탈권을 가지고서 딸과 상간남을 모두 죽일 수 있었다. 그와 달리 남편은 상간남만 죽일 수 있었고, 아내와는 반드시 이혼해야 했다.

아내의 간통을 묵인하고 이혼하지 않는 남편은 매춘알선죄로 처벌받았다. 간통 유죄 판결을 받은 여자와 혼인 생활을 지속하는 남자를 포주로 간주했던 것이다. 또한 남편이나 시아버지는 간통한 아내, 며느리를 형사 고소해야 했다. 두 달 내에 고소하지 않으면 로마 시민 누구나 그 여성을 고소할 수 있었다. 간통한 자는 사면되지 않고 남녀를 분리한 섬으로 보내졌는데, 섬마다 유배된 간통범들로 가득 찼다고 한다.

지금의 관점으론 이해하기 힘든 또 다른 제도로는 '톨레레 리베룸'이 있다. 당시 아이가 태어나면 가족 구성원으로서 인정하기 위하여 행하는 상징적인 의식이 있었다. 가장인 아버지가 가족들 앞으로 아이를 데리고 들어오는 것이었는데, 이 의식이 치러지지 않은 아이는 통상 문 앞이나 쓰레기장에 버려졌다. 다른 누군가가 원하면 데려다 키울 수 있었지만 아무도 데려가지 않은 아이는 그대로 죽고 말았다.

고대 로마나 그리스에서는 아이를 버리는 것이 범죄가 아니었다. 그래서 기형아를 낳으면 바로 버리거나 물에 빠뜨렸다고 한다. 철학자 세네카는 "훌륭한 아기와 쓸모없는 아기는 구분되어야 한다."고까지 말했다. 그 밖에도 아이들이 유기되는 이유는 다양했다. 제대로 키울 형편이 안 되거나, 부유하지만 유산 문제로 새로 태어난 아기가 걸리적거릴 때도 이에 해당되었다. 아무래도 그 당시 아기들은 일찍 죽는 경우가 많았고, 또 건강하게 잘 키우는 것 자체가 힘든 사회였기 때문에 용납되었던 모양이다.

고대 로마 시대를 그저 오늘날의 기준으로만 판단하는 것은 옳지 않다. 당시의 사회 경제적 상황에 따라 규정을 만들고 지키려던 노력을 먼저 보아야 한다. 지금 우리에게도 그런 낡은 제도와 관습들이 존재하고 있지 않은가. 조금만 다른 시각으로 바라보면 고쳐야 하거나 이해할 수 없는 제도들이 여전히 많다. 이처럼 다른 나라의 제도를 살펴보는 이유도 우리가 미처 몰랐던 법적 위험을 그 제도들의 시행 경험을 통해 알 수 있기 때문이다.

법과 제도만큼 실생활에 지대한 영향을 끼치는 것도 드물다. 그러므로 제3자의 시각에서 이를 살피고 불합리한 부분을 찾아내 고치려는 노력을 지속해야 한다. 최고의 문명을 만들어 낸 로마 시대였지만, 이방인을 바바리안이라고 지칭하며 비문명인으로 대했다. 노예가 허용되고 여성이 무시당하고 아이들이 버려지는 시대이기도 했다. 지금의 기준으로는 잔인하고 야만적인 역사도 변화와 발전을 거듭하여 결국 오늘에 이른 것처럼, 우리 법과 제도 또한 그럴 것이 자명하다.

글로벌 폴리스가 미래에 가능할까

『도시의 미래』

프리드리히 폰 보리스·벤야민 카스텐, 와이즈맵, 2020

    사람들이 도시로 몰려들고 있다. 현재 전 세계 도시화율은 55퍼센트에 육박하고, 인구가 더 증가하는 2050년엔 무려 69퍼센트에 이를 것으로 전망된다. 과거에는 도시 중심지로부터 멀찍이 떨어진 곳에 쾌적한 주거 도시를 조성하는 것이 일반적이었으나, 이제는 도시 밀도를 높이는 방향으로 바뀌고 있다. 도시 밀도가 상승하면 직장과 주거지가 가까워져 사람들의 활동 범위가 축소된다. 그렇게 되면 자전거를 타거나 걸어서 이동하는 것이 가능해지고 자동차 사용은 줄어든다. 삶의 터전은 사회 경제적 움직임에 반응하며 진화하기 마련인데 자원 고갈, 환경 오염, 기후 변화에 대한 도시의 대응은 어느덧 당연한 시대적 요청이 되었다.

    글로벌 폴리스는 하나의 국가처럼 독립적으로 움직이는 대도시를 의미한다. 도시 밀도가 지금보다 더 높고 선형적이며, 네트워크를 가지고 있다는 점이 특징이다. 메가 폴리스 형태를 갖춘 각 국가의 대도시들은 하나의 독립된 권역으로 기능한다. 서울, 도쿄, 뉴욕, 런던, 파리 등의 도시는 그 자체로 경쟁력이 있다. 우리는 이러한 글로벌 폴리스 간의 연대를 통해 인류에게 닥친

전 지구적 차원의 문제 해결을 모색해 볼 수 있다.

예를 들어 이동 수단의 공유화가 퍼지면서 쓰이지 않게 된 도로는 공원으로 바꾸고, 고층 건물 내부에도 녹지 공간을 조성하여 청정에너지를 만들어 사용하는 것이다. 녹지를 경험하며 스트레스를 해소할 수 있는 공공 공간과 자체적으로 공기를 정화하는 등 하나의 유기체처럼 작용하는 건축물은 갈수록 필요할 테다. 지하와 빈 공간에는 도시 농업을 보급하고, 탄소 중립적인 곤충을 이용한 단백질 공급을 도시 내에서 가능케 할 수도 있다. 물론 이러한 도시의 변화에는 개발자나 건축가뿐 아니라 시민들의 자발적 참여가 절대적으로 중요하다.

삶에 대한 개념도 도시와 함께 바뀔 것이다. 보다 매력적이고 경제적인 삶을 위한 새로운 형태의 생활 방식은 이미 대두하고 있다. 세계 곳곳을 유목민처럼 떠도는 노마드의 삶도 점차 등장하는 지금, 공항 주변은 경제특구로서 외국인들도 거주하게 하는 것 또한 방법이다. 이처럼 미래의 도시는 인구 밀도가 높으면서도 다양하고 개방적이어야 한다. 범세계적이며 네트워크화되어 있어야 한다.

저자는 글로벌 폴리스가 정치적 조직 단위가 되어 시민들이 자율적으로 도시의 미래를 결정할 수 있어야 한다고 주장한다. 그리스의 폴리스가 하나의 도시 국가로 기능했던 것처럼 글로벌 폴리스도 초국가적 정치 단위가 되어야 한다는 것이다. 이는 곧 국가가 민족이나 이념에 의해 지배되는 게 아니라 전 세계적인 도시 연합을 통해 기능적으로 연결되어야 함을 뜻한다. 결국 글로벌 폴리스는 기존의 국가 질서를 대체하는 도시 네트워크 시스템이라고 할 수 있다. 자급자족을 넘어 서로 다른 형태의 집단이 공동의 전략을 추구하고 경험과 기술을 공유하는 네트워크. 대표적인 것이 C40이다. C40은 기후 변화에 대항하여 공동의 투쟁을 하는 세계적인 도시 네트워크로, 현재 96곳의 글로벌 대도시가 참여하고 있으며 그중에는 서울도 포함된다.

도시는 전 세계 에너지의 75퍼센트를 사용하는 동시에 이산화탄소 80퍼센트를 배출하는 곳이다. 이에 대한 책임도 그만큼 크다는 의미다. 메가 폴리스의 경우 기후 변화 문제 외에도 서로 협력해야 할 것들이 산더미다. 난민 문제, 화석 연료의 사용, 건설과 개발, 보안이나 전염병 등 이루 다 헤아릴 수 없을 정도이다. 특히 코로나19로 한바탕 전쟁을 치렀던 기억 때문에, 도시 밀집화에 따른 가장 큰 우려는 아마도 집단 감염과 관련이 있을 것이다. 또한 도시 내 생산과 소비, 재활용을 통한 자원 순환 체계가 자리 잡혀야 하는 문제도 남아 있다. 그럼에도 미래 도시의 지향점이 고밀도를 통한 도시 공간의 압축화라는 주장에는 반론의 여지가 그리 많지 않다. 환경친화적일 뿐더러 에너지 과다 사용에 대한 해법 측면에서도 그렇다.

다양한 디지털 기술의 개발과 맞물려 스마트 도시로의 전환은 이미 진행되고 있다. 이 책에서 말하는 글로벌 폴리스는 정치적 혁신까지 담고 있어 현실로 옮기기엔 아직 시기상조라는 생각이 드는 것도 사실이다. 그러나 세계 대도시들이 범지구적 문제 해결을 위해 연대하고 협력하자는 것은 당장 이 시대에 반드시 필요한 개념이 아닐까.

도시 문제, 어떻게 해결할 것인가

『**진화의 도시**』

김천권, 푸른길, 2021

　　인하대학교 행정학과 김천권 교수의 『진화의 도시』를 우연히 읽게 되었다. 평소 인천이라는 도시를 어떻게 발전시키는 것이 좋을지 관심이 많은 나로서는, 인천의 장단점과 각 지역의 문제점을 도시 전문가적 입장에서 조목조목 짚어 준 이 책이 가뭄 끝 단비만큼이나 반가웠다.

　　아르메니아의 수도 예레반은 이 책을 통해 처음 알게 되었다. 과거 소비에트 연방에 속했던 예레반의 도심은 원형을 이루고 있다. 구글 맵을 찾아보니 도심 중앙에 박물관과 오페라 하우스 등이 있고 그 주변으로 정부 건물과 학교, 공원과 같은 시설이 위치한다. 이처럼 박물관이나 미술관, 오페라 하우스 등이 도시 가운데 있어야 인파가 그곳을 중심으로 모이고 도시가 발전한다. 예레반은 도심에 이러한 시설들을 설치하여 도시에 생동감을 불어넣고 있는 것이다.

　　이렇게 상업, 업무, 문화 등의 활동이 고도로 집적되어 있으면서도 도시 전역에서 접근하기 쉬운 중심지를 CBD(Central Business District)라고 한다. 이는 도시의 중요 기능과 상업 기능, 교통의 결절지 등을 도시 중심에 두어 사람들이 모이게끔 하는 필수적인 요소이다. 인천의 경우를 보면 인천문화예술회관은 시청과 가깝고 지하철역도 있어 예술인들이 모이기 쉬울 뿐 아니라 시민들도 더 편하게 예술을 향유할 수 있다.

현재 우리나라 지방 도시들은 소멸의 단계를 밟아 가고 있다. 인구는 계속 줄고 노인들만 남아 도시 기능을 지속하기 어려운 형편이다. 지방 발전이라는 이름하에 시도되었던 혁신 도시나 기업 도시 정책들도 전통적으로 이어져 온 원도심 개발을 고민하기보다는 하나같이 손쉬운 외곽의 논밭 구역에 새로운 도시를 건설하면서 오히려 도시 자체를 이원화시켜 버렸다. 결과적으로 구도심은 점점 더 소멸로 치닫고, 새로운 도시와의 연계도 제대로 이루어지지 않아 전보다 큰 숙제를 떠안게 되었다. 지방 도시의 기능을 발전시키려다 그 반대가 된 셈이다.

편하고 빠르게 중앙과 연결해 주는 고속 열차나 고속 도로의 건설도 서울과 수도권으로의 집중 현상만 가속화시키면서 지방 도시의 몰락을 부채질했다. 이처럼 지방이 쇠락을 거듭하게 된 궁극적 이유는 매력적인 도시 공간을 창조하지 못한 데 있다. 단순히 관광 단지를 조성하고 축제를 연다고 하여 지방 도시가 살아나는 것이 아니다. 먼저 그 도시가 지닌 장단점을 면밀히 분석하고, 사람들을 이끌 수 있는 요소를 극대화하기 위해 민관이 비전을 세우고 노력해야 한다.

저자가 언급한 사례 중에는 인천의 송도 신도시도 있다. 송도 신도시가 걸어 다니기에 그리 편한 곳은 아니다. 블록과 블록 사이 거리가 너무 멀고 상가는 일부 지역에만 몰려 있다. 또 단독 주택이나 다가구 주택 등 쉽게 어울려 살 수 있는 주택이 없으며 아파트도 30평대 이상으로만 구성되어 거주민들이 서로 단절되어 있다. 도시 공학적 관점에서는 정말 독특한 도시인 셈이다.

　다만 현시대를 살아가기엔 한국 도시들이 유럽보다 더 큰 이점을 가진 것일 수도 있다. 유럽 도시들은 중세의 모습을 그대로 간직하다 보니 시대의 변화에 맞춰 무언가를 새롭게 바꾸기에 한계가 있다. 전쟁 이후 건설된 한국의 도시들은 대부분 현대적 생활 양식을 적용하여 교통이나 통신 측면에서도 유리하다. 우리가 IT 강국이 된 데에도 이러한 환경이 상당 부분 영향을 미쳤을 것이다. 인간이 도시를 만들지만, 도시도 인간 생활을 만들어 가는 것이다.

구도심 주택 리모델링해서 살아 보기

『단독주택에 진심입니다』

봉봉, 북스토리, 2021

이 책을 쓴 봉봉 작가는 나의 지인이다. 한때 방송국 PD였던 그는 인천의 여러 지역과 섬을 돌아다니며 각종 소리를 채집하고 녹음하는 소리 사냥꾼으로도 활동했는데, 그 기록으로 방송 PD 대상을 받기도 했다. 그런 그가 자신이 전에 살던 인천 원도심의 구주택을 구입해 리모델링하여 살게 된 경험을 책으로 펴냈다. 직업이 직업인지라 원래 글을 잘 쓰는 건 알았지만 이렇게 재미나게 쓸 줄은 몰랐다. 신기하고 부럽다. 책이 그만큼 좋다는 이야기다.

저자는 하늘 높은 줄 모르고 치솟는 아파트 값이 버겁기도 하고, 사람 냄새 물씬 나는 원도심의 푸근함이 그리워 인천 배다리의 구주택을 구입하기로 마음먹었다. 그동안 시내 아파트 전세살이를 해 왔는데 층간 소음이 심해더 이상 버티기 어려웠던 것도 한몫했다. 아파트에서는 층간 소음으로부터 완전히 해방되기 어렵겠다는 판단에 단독 주택을 고민하게 된 것이다. 단독 주택은 집값 오르기가 쉽지 않으니 사지 말라는 주위의 만류가 있었지만 그는 소신대로 조그만 이층집을 계약했다.

원도심 단독 주택을 고쳐 입주하는 과정은 생각보다 만만치 않았다. 여러 문제와 맞닥뜨려야 했고, 추가되는 공사비를 감안하여 욕심을 내려놓는 법도 배워야 했다. 저자는 단독 주택이 왜 인기가 없는지 이해하게 되었으며 원도심 재생 사업에 대해서도 진지하게 되돌아볼 수 있는 기회였다고 고백한다. 그럼에도 단독 주택에서의 삶에 만족하는데, 가장 큰 이유는 지하실과 옥상을 소유할 수 있기 때문이라고 한다. 지하실에 서가와 음악실을 설치해 자신만의 휴식 공간을 갖고, 옥상에서 빛나는 태양과 시원한 하늘을 맘껏 누리며 자연스레 이웃과도 접하게 되었다는 것이다.

저자는 집을 사는 건 동네를 사는 것과 같다고 말한다. 아파트와 달리 원도심의 단독 주택은 이웃과 수시로 교류할 기회가 많다. 골목마다 오래된 노포, 나이 든 어르신이 많은 동네에서 그들과의 소통은 자연스러운 일상이 된다. 거리를 배회하는 길고양이와도 친해지게 되고, 가끔씩 담 넘어 날아오는 초등학교 야구부의 공을 주워 주곤 한다. 나도 저자의 배다리 이층집에 가 본 적이 있는데, 이제는 느끼기 어려운 사람 사는 모습을 간직한 곳에 자리하고 있었다. 물론 그 생활이 마냥 낭만적일 수는 없다. 그것은 기꺼이 불편을 감내할 마음 자세와 진지한 철학이 요구되는 문제이기도 하다. 저자도 공영 주차장 문제, 도시가스 설치 문제, 도시 재생 센터의 문제, 공원 부족 문제 등 원도심 단독 주택이 안고 있는 다양한 문제점들에 대해 솔직하게 거론하고 있다.

그런데 봉봉 작가 부부와 매우 유사한 인생 철학을 실천하며 사는 부부가 또 있다. 『부부가 둘 다 놀고 있습니다』를 쓴 편성준 작가 부부이다. 이들도 성북동 원도심 집을 개조하여 살고 있다. 봉봉 작가 부부나 편성준 작가 부부가 말하고자 하는 핵심은 어떤 종류의 집에서 사느냐보다, 어떤 철학으로 살 테냐는 것이다. 모두가 당연하다는 듯 초고층 고급 아파트에 목말라 있는 세상에 이들은 유쾌하게 돌발 질문을 던진다.

인천항, 인천 공항을 통한 Sea&Air 이해하기

『**인천 물류 공부**』

정운, 바른북스, 2023

솔직한 제목 그대로 이 책은 인천의 물류 시설들에 대한 많은 이해를 담고 있다. 우리나라에서 해외로 가는 물류의 99퍼센트는 선박을 통해 옮겨진다. 그러나 물류 가격 기준으로 보면 항공편도 30퍼센트를 차지한다. 이때 인천은 공항과 항구를 가진 물류 중심 도시라는 점에서 의의가 큰데, 수도권이라는 수요의 배후지에 있다 보니 수입 물류가 주를 이룬다. 즉 수출은 부산항을 통해, 수입은 인천항을 통해 대체로 이루어진다고 보면 된다. 인천 컨테이너선에 실리는 컨테이너 중 30퍼센트 정도는 비어 있는 것도 이 때문이다.

인천의 항구는 그 지리적 여건상 중국으로부터 들어오는 물류가 많은 편이다. 인천과 군산, 평택은 중국 12개 도시와 연결되어 있는데 그중 인천이 16개의 한중 카페리를 운영하는 것도 이와 관련이 있겠다. 중국인 단체 여행객이 많이 이용하는 한중 카페리는 여객과 컨테이너 화물을 동시에 운송한다. 운항이 잦고 그만큼 많은 물동량을 처리한다. 송도 국제 여객 터미널에 가면 화물차가 한중 카페리에 컨테이너를 운반하는 장면을 어렵지 않게 볼 수 있다.

소규모 화물 운송이 필요한 기업들이 서로의 화물을 모아 컨테이너를 채우는 방식을 LCL이라고 하는데, 이는 전체 컨테이너의 10퍼센트 정도이다. 그 반대는 FCL이라고 한다. 또 CFS는 여러 화주의 화물을 컨테이너에 적재하는 곳으로, 인천항 아암물류 1단지에 위치한 인천항 공동물류센터가 이에 해당한다. 항공 화물에서는 이러한 역할을 가리켜 혼재 기업이라 하며, 보통 항공사와의 계약을 통해 항공기 내 일정 공간을 빌리는 형태로 사업을 진행한다.

인천항 아암물류 2단지에는 두 개의 GDC가 운영되고 있다. 글로벌 배송센터인 GDC는 글로벌 기업의 제품을 반입해 보관하고 개인 주문에 맞춰 제품을 분류, 재포장하여 배송한다. 이러한 환적 화물은 출발지에서 목적지로 갈 때 경유하는 것이 유리한 경우에 발생하는데, 전자 상거래가 급증하면서 이를 다루는 GDC의 필요성은 갈수록 높아지고 있다. 실제로 인천 공항에서 처리하는 물동량 중 40퍼센트 이상이 환적 화물이며, 중국에서 온 화물이 한국을 거쳐 미국으로 가는 경우가 많다. 인천 공항은 홍콩 첵랍콕 국제공항, 싱가포르 창이 국제공항과 더불어 환적 화물이 많은 세계 3대 공항으로 꼽힌다.

항공기와 선박을 모두 활용하여 운반하는 방식을 'Sea&Air'라고 부른다. 직항으로 가는 것보다 더 저렴하거나 신속할 수 있기 때문이다. 인천의 경우 중국에서 인천항과 인천 공항을 거쳐 미국 혹은 유럽으로 가는 것들이 대표적인 Sea&Air 화물에 해당한다. 한중 카페리를 포함하여 중국의 여러 도시와 연결된 인천항, 그리고 미국 및 유럽과 많은 네트워크를 형성한 인천 공항이 있어 가능한 방식이다. 특히 인천은 복합 일관 수송을 할 수 있어 이러한 물류 방식이 더욱 수월하게 이루어지는 거의 유일한 곳이다. 앞으로도 물류 중심 도시로 더욱 성장할 인천의 미래가 기대된다.

챗GPT가 과연 세상을 바꿀 것인가

『챗GPT: 마침내 찾아온 특이점』

반병현, 생능북스, 2023

2022년이 저물어 갈 무렵 등장해 세계적으로 AI의 가능성을 보여 준 어마어마한 물건이 있다. 바로 대화형 인공지능 서비스, 챗GPT다. 그때부터 지금까지 세상은 온통 챗GPT에 빠져 있다. 열풍에 편승하여 내가 속해 있는 독서회에서도 이와 관련된 책을 한번 읽어 보기로 했다. 그렇게 선정된 이 책은 168페이지에 불과하지만 챗GPT의 개념을 이해하는 데는 부족함이 없었다.

이전에는 무언가를 알아내려면 웹 사이트로 들어가 검색에 검색을 거듭해야 했다. 그러다 원하는 문장이나 답을 즉시 제시해 줄 뿐 아니라 상호 간 대화까지 가능해지는 엄청난 혁신이 일어났다. 이처럼 챗GPT는 검색이 기본이지만, 이전의 검색 기능과는 완전히 다른 차원의 서비스를 제공한다. 물론 인간이 쌓은 데이터가 디지털화되어 있어야만 이를 학습하여 검색 결과를 내놓는 원리이기에 꼭 들어맞는 것은 아니다. 정리가 잘 되어 있는 듯 보이지만 아직까지는 오류가 많고, 얼토당토않은 엉뚱한 답변들도 있다.

그럼에도 현재 챗GPT의 발전 속도는 인간이 따라가기 버거울 정도가 되었다. 이제 반복적인 단순 업무를 처리하던 직업들이 사라지는 것은 시간 문제인 셈이다. AI가 대체할 직종이 어디 그뿐이겠냐마는. 무엇보다 두려운 것은 기계가 자기 의지에 따라 스스로 무언가를 할 수 있는 상황에까지 이르는 것이다. 이를 강인공지능이라고 하는데, 영화에서나 보았던 장면들이 현실이 될 수도 있겠다는 우려는 꽤 만연하다. 완벽한 세상을 건설하기 위해 인간을 제거하려는 기계와 이에 저항하는 인간, 그리고 결국 기계에 지배당하는 식의 공상 과학 이야기를 그동안 우리가 많이 접했기 때문일 것이다.

일상적인 영역부터 전문적인 영역에까지 도움이 될 수는 있어도 완전히 대신할 수는 없다. 내가 속한 법률 분야에서도 챗GPT가 많이 활용될 것으로 예상된다. 이 경우 사건 정리나 어느 정도 예상 가능한 판단 같은 것은 챗GPT에게 맡겨질 수도 있겠지만, 사건마다 사안이 다르고 증거도 다르기 때문에 법률 전문가인 변호사의 최종 검증은 반드시 필요하리라 본다. 그렇지만 결국 챗GPT를 잘 활용하는 변호사나 법무 법인이 더 많은 일들을 할 수 있기에 경쟁은 갈수록 첨예해질 것이다.

이는 다른 분야에도 모두 적용되는 이야기다. 작가나 예술가를 비롯한 창작자들은 이미 전에 없던 난제를 맞닥뜨렸다. 챗GPT는 소설이나 시를 쓰고, 그림을 그릴 수 있기 때문이다. 디자인도 하고 코드를 만드는 작업도 수행한다. 이렇듯 챗GPT의 출현이 혼란을 야기하는 것은 사실이다. 그러나 기술은 그 자체로 항상 중립적이기에 인간이 어떻게 사용하느냐에 따라 다른 결과를 가져올 수 있다. 그리고 어느 시대나 변화를 인지하여 적극적으로 습득하고 활용해 미래를 대비하는 사람들이 있다. 나는 챗GPT를 통해 우리 인류의 지식이나 정보의 활용 수준이 훨씬 높아질 것으로 기대한다. 새로운 시대가 도래했고 변화될 세상이 궁금하다.

책 속을
걷는
변호사

초판 1쇄 인쇄 2024년 10월 23일
초판 1쇄 발행 2024년 11월 11일

지 은 이 조용주
펴 낸 이 김주원
펴 낸 곳 궁편책

책 임 편 집 이다겸
디 자 인 한병연
사   진 이다겸
마 케 팅 김예섬

출 판 등 록 제409-251002020000168호
주   소 경기도 김포시 양촌읍 삼도로 76
전   화 070-4036-6275
전 자 우 편 gpchaek@naver.com
블 로 그 https://blog.naver.com/gpchaek
인스타그램 https://www.instagram.com/g.p.chaek

ISBN 979-11-971564-8-9 (03810)
값 22,000원

이 책은 정림사지 서체를 사용했습니다.

궁편책

시작과 끝이 사람을 향하는 책의 힘을 믿습니다